O MISTÉRIO DA DAMA FANTASMA

AS 6 Estrelas EM
★★★★★★

O MISTÉRIO DA DAMA FANTASMA

MARISTELA SCHEUER DEVES

2024

Copyright © 2024 Maristela Scheuer Deves
Todos os direitos desta edição reservados à autora

Nenhuma parte desta publicação poderá ser reproduzida, seja por meios mecânicos, eletrônicos ou em cópia reprográfica, sem a autorização prévia da editora.

PUBLISHER	Artur Vecchi
REVISÃO	Gabriela Coiradas
CAPA, PROJETO GRÁFICO E DIAGRAMAÇÃO	Fabio Brust *Memento Design & Criatividade*
ILUSTRAÇÃO DE CAPA	Leticia Pusti

Dados Internacionais de catalogação na Publicação (CIP)

D 491

Deves, Maristela Scheuer
    6 estrelas e o mistério da dama fantasma / Maristela Scheuer Deves. – Porto Alegre : Avec, 2024.

ISBN 978-85-5447-228-3

1. Literatura infantojuvenil   I. Título

                                                                               CDD 028.5

Índice para catálogo sistemático:
1. Literatura infantojuvenil 028.5

Ficha catalográfica elaborada por Ana Lucia Merege – 4667/CRB7

1ª edição
Impresso no Brasil | Printed in Brazil

AVEC Editora
Caixa postal 6325
CEP 90035-970 | independência | Porto Alegre – RS
contato@aveceditora.com.br | www.aveceditora.com.br
Twitter: @aveceditora

Em memória de meu pai, José Deves.
Sinto saudades.

Agradecimentos

Num livro que levou algumas décadas entre a ideia inicial e a publicação, sempre há muita gente a quem agradecer. É impossível citar todos que estiveram ao meu lado nesse caminho, por isso vou me restringir aos principais.

Em primeiro lugar, agradeço às Seis Estrelas da vida real, companheiras de aventuras e voos da imaginação quando tínhamos a idade das protagonistas deste livro: Loivane, Loraine, Verenice, Rosane e Viviane (a sexta estrela, claro, era eu). Apesar da semelhança dos nomes, esta é uma obra de ficção, com personagens inventados, mas para mim as Seis Estrelas sempre vão existir de verdade.

Agradeço ao professor Altair Teixeira Martins, que, durante o mestrado, me orientou na reescrita daquela história nascida na adolescência, dando dicas e se empolgando com as aventuras das personagens.

Agradeço também ao CNPq, cuja bolsa permitiu que eu me dedicasse ao mestrado de 2019 até o início de 2021, período no qual concluí a escrita deste e dos próximos dois livros da série Seis Estrelas.

Por fim, agradeço ao editor Artur Vecchi, que acreditou neste projeto, deu sugestões para aprimorar ainda mais o texto e possibilitou que o livro, finalmente, chegasse até as mãos dos leitores.

Sumário

1 A mulher do vestido fora de moda — 13
2 O primeiro mistério — 17
3 A perseguição — 20
4 Preparativos — 22
5 É hora do chá — 25
6 O mistério continua — 27
7 Uma estrela a mais — 31
8 Investigações — 35
9 As fotografias — 40
10 Um fantasma? — 45
11 Peixe na rede — 49
12 O segredo da dama — 55
13 A vez de Vera — 63
14 O conto do tesouro — 66

15 Explicações	**69**
16 Desenrolando	**72**
17 O sumiço do baú	**74**
18 Na Campina Vermelha	**77**
19 O achado da tia	**80**
20 O diário de Wilhelm K. Goldschmit	**84**
21 Surpresa na sorveteria	**90**
22 O baú	**95**
23 Um almoço para comemorar	**98**
24 Alquimia?	**103**
25 O fim do segredo	**108**
26 Enfim, o tesouro de Wilhelm K. Goldschmit	**113**
27 Fim da aventura?	**116**

O MISTÉRIO DA DAMA FANTASMA

★
★
★
★
★
★

★1

A mulher do vestido fora de moda

Eram duas horas da tarde de sábado. Aos poucos, os convidados iam chegando para a festa. Quando estavam quase todos presentes, Marília avistou uma mulher com um vestido fora de moda, mas, ainda assim, muito elegante, luvas, chapéu de feltro lilás e leque bordado.

— Feliz aniversário, querida! Você está linda! — disse a mulher.

Marília estava surpresa diante daquela desconhecida que a cumprimentava como se a conhecesse. Devia ser uma amiga da mãe, ou acompanhava alguma de suas colegas, mas não se lembrava de tê-la visto antes. Para não parecer indelicada, respondeu:

— Muito obrigada, senhora...

— Goldschmit, Caterin Goldschmit.

– Obrigada, senhora Goldschmit.

Após chegarem todos os convidados, Marília, embora ainda bastante intrigada, resolveu aproveitar a festa com as amigas. Lola indagou, curiosa:

– Quem é aquela senhora elegante e de vestido chiquérrimo que entrou agora há pouco?

– Não sei – respondeu, pensativa. – Seu nome me é familiar, só não consigo lembrar de onde.

Mudaram de assunto e a conversa seguiu, muito animada.

Enquanto isso, a senhora Goldschmit conversava com a mãe e as tias de Marília.

"Incrível", pensava dona Linda, "como essa senhora conhece tão bem a minha família, meus pais e meus avós? Ela parece tão nova para ter sido amiga de minhas avós, no entanto... Bem, para que me preocupar?"

Dona Linda continuou sua conversa e aos poucos esqueceu-se de suas dúvidas. Marília, porém, não conseguia tirá-las da cabeça. Já havia conversado com quase todas as amigas e colegas e nenhuma parecia conhecer aquela mulher. Se ela não estava acompanhando nenhuma garota convidada, quem seria ela? De onde surgira? O que fazia na sua festa de aniversário? Como a conhecia? De onde tirara aquelas roupas à moda antiga que, ao mesmo tempo, pareciam tão novas? E o principal: de onde conhecia aquele nome?

Para esquecê-la, chamou as amigas mais chegadas para perto da mesa do bolo e puxou outro assunto, baixando um pouco a voz:

— Meninas, lembram daquela nossa ideia de fundar uma sociedade secreta? Que tal uma reunião logo após a festa?

Lola, Lorena, Rose e Vera concordaram na hora. Qualquer coisa que tivesse a ver com aventura as empolgava, e o que poderia ser mais aventuresco do que participar de um clube que investigava mistérios? Não que houvesse muitos enigmas na pequena cidade em que moravam, mas seria divertido mesmo assim e uniria ainda mais aquele quinteto já inseparável.

Eram um bom grupo. Por ordem, Rose, catorze anos, era a mais velha – e também a mais sensata e ponderada. Depois, vinha a própria Marília, que completava catorze naquele dia e era a intelectual do grupo, sempre carregando um livro. Lola e Lorena tinham treze, e enquanto a primeira destacava-se pela simpatia e por estar sempre alegre, a segunda era a mais corajosa da turma. Vera, a irmã de Rose, tinha doze anos e era inquieta e extrovertida.

O restante da festa transcorreu normalmente – cumprimentos, fotos, música, bolo, comes e bebes variados. No final da tarde, quando só restavam as quatro amigas e algumas senhoras, a aniversariante despediu-se dos adultos, entre os quais a senhora Goldschmit, e rumou com as outras até seu quarto.

— Bem – disse ela quando todas se acomodaram –, declaro aberta a reunião de fundação do Clube de Investigação Cinco Estrelas.

As amigas aplaudiram.

Entregando uma estrela colorida a cada uma, a aniversariante acrescentou:

— E é melhor colocarmos logo os nossos distintivos, pois já temos um mistério para resolver...

2

O primeiro mistério

Todas ficaram perplexas, pois não tinham ouvido falar em nada misterioso nos últimos tempos. Em segundos, formou-se uma algazarra, com cada uma dando seus palpites e tentando adivinhar o que poderia ser. Marília, alfinetando sua estrela à blusa, esperou as amigas acalmarem-se.

– Que mistério, Marília? – perguntou Vera após alguns minutos.

Marília olhou uma a uma das companheiras, balançou a cabeça e passou um sermão:

– Gente, para começar, como querem participar de um grupo que investiga enigmas se não são mais observadoras?

– Mas observar o que, Marília?

– O que está na nossa frente. Vocês se lembram da senhora Goldschmit, aquela mulher que você, Lola, perguntou quem era?

– Aquela senhora alegre e bonita, usando um vestido que parecia roupa de escola de samba?

– Sim, essa mesma – riu Marília –, mas aquela não é uma roupa de carnaval, e sim uma roupa elegante, que costumava ser usada... no começo do século passado!

– Como assim no começo do século passado?

– Rose, você nunca viu gravuras que mostrassem as mulheres ali pelos anos de 1900, 1910? Nem assistiu a novelas e filmes de época?

– Sim, mas... Não entendo o que isso tem a ver com a senhora Goldschmit.

– É isso mesmo que eu quero descobrir. Por que ela estava vestida daquela maneira? Quem é ela? De onde veio? Como veio parar na minha festa, se ninguém mais que estava aqui a conhece?

– É, Marília – concordou Lorena –, tudo isso é mesmo um mistério.

– E tem mais – acrescentou Marília. – Lembram-se de quando fomos tirar aquela foto ao redor do bolo? Pois bem. Eu dei uma olhada para trás e vi que, quando ela percebeu o fotógrafo, ficou nervosa e tentou fugir. Por que seria?

– Será que ela não é uma ladra e tem medo de ser reconhecida nas fotos? – arriscou Vera.

– Não creio que seja isso – disse Marília, pensativa. – Se fosse uma ladra ou uma fugitiva, não viria numa festa para a qual não foi convidada, ou pelo menos não vestiria aquelas roupas que chamam tanto a atenção, iria querer passar despercebida. Em todo caso, vamos investigar. Nunca se sabe. Ela ainda deve estar na sala com a mamãe. Quando ela sair, vamos segui-la. Assim poderemos descobrir de onde veio e, com um pouco de sorte, quem ela é.

3

A perseguição

Pé ante pé, as cinco foram até a sala. A senhora Goldschmit estava despedindo-se e as outras mulheres já tinham ido embora. Caterin Goldschmit saiu, prometendo voltar na segunda-feira para o chá da tarde. Marília e as amigas, com a desculpa de levarem Lorena até sua casa, seguiram-na.

Começaram a perseguição a uma distância de mais ou menos cinco metros, mas o espaço aumentava pouco a pouco. A senhora Goldschmit não estava correndo, mas seguia mais rápido do que elas conseguiam acompanhar. No fim da rua, ela dobrou à esquerda, andou mais uma quadra e dobrou à direita; na esquina seguinte, dobrou à direita outra vez, na rua que dava na encruzilhada do cemitério. A essa altura, as garotas já estavam a quase cem metros de distância. As lâmpadas da iluminação pública daquela quadra estavam queimadas, por isso mal conseguiam distinguir a mulher nas trevas, e quando chegaram na encruzilhada, ela tinha desaparecido!

Marília, com a mão pousada no seu distintivo, forçou a cabeça, tentando responder as questões que vinham à sua mente: por que, se ela queria chegar àquela encruzilhada, ela não andara em linha reta, caminhando apenas uma quadra em vez das três que percorreu? Será que a mulher notara que a seguiam e quisera despistá-las?

"Bem, se ela quis isto, conseguiu. Mas ela não perde por esperar: na segunda-feira, eu a seguirei e descobrirei aonde ela vai!", pensou Marília.

Preparativos

Na segunda-feira, Marília acordou preocupada: será que a senhora Goldschmit apareceria para o chá? E, se aparecesse, conseguiriam segui-la? A mulher não sumiria como na noite da festa? Havia passado o domingo na internet, tentando encontrar algo sobre a dama de roupa antiquada. Nada. Pesquisara por "Caterin Goldschmit" e surgiram algumas menções, mas nenhuma tinha a ver com a mulher misteriosa que aparecera no seu aniversário. Nas redes sociais, eram dois perfis diferentes com esse nome, um no Brasil e outro na Alemanha, e pelas fotos ficava claro que nenhum deles era o que Marília estava procurando. Quem, nos dias de hoje, não tinha conta em redes sociais?

Após o café da manhã, telefonou para Lola.

— Será que você poderia vir aqui hoje? Não, agora não... É que ontem ouvi a senhora Goldschmit dizer para a mamãe que virá tomar chá aqui em casa hoje de tarde. Aí nós poderemos ir atrás dela de novo, vou pensar num plano. Sim, quando ela aparecer, eu telefono, e avisarei também as outras. Melhor: vou criar um grupo de *whats* das Cinco Estrelas e adiciono todas vocês. Um beijo, tchau.

Marília passou o resto da manhã imaginando planos para conseguir seguir a misteriosa dama. "Vai ser mais fácil amanhã" – pensara ela, na noite anterior. "Amanhã é outro dia. E, dia claro, ela não poderá despistar-nos como fez à noite."

Agora, porém, não estava mais tão certa disso.

– Por mais que eu não consiga – disse para si mesma –, vou tentar. Isso eu vou.

Pouco depois do almoço, enviou uma mensagem para as amigas pedindo que viessem o quanto antes. "Não, a senhora Goldschmit ainda não chegou", respondeu quando Lola perguntou se a dama misteriosa já estava lá. "É que eu tenho um plano e preciso explicá-lo para vocês antes que ela chegue". Combinaram que Lola passaria na casa de Lorena, e no caminho encontrariam Rose e Vera.

Dessa vez, as Cinco Estrelas reuniram-se no espaçoso porão da casa, que Marília arrumara para ser a sede do grupo. Lá havia luz e água, e as garotas levaram alguns banquinhos, além de jogos para exercitar o raciocínio nos períodos em que não tivessem mistérios para resolver. Como antes o local era desocupado, podiam reunir-se ali sem serem importunadas.

— A que horas a senhora Goldschmit vai chegar? – perguntou Vera.

— Eu não sei ao certo, mas não será antes das três e quinze, três e meia. Minha mãe vai auxiliar meu pai na loja até perto das três, então virá preparar o chá e talvez peça minha ajuda. Até lá temos bastante tempo – respondeu Marília, e começou a detalhar o seu plano.

Como Marília havia previsto, pouco antes das três horas dona Linda pediu que ela fosse à padaria buscar os salgados que encomendara para o chá, e depois fosse ver se o pai precisava de algo na loja.

— Claro. Ah, mãe, tinha me esquecido, a Lola ficou de vir aqui hoje, para me emprestar uns livros. Daí nós queríamos ir na casa da Rose e combinarmos com ela, com a Vera e a Lorena um piquenique para daqui a alguns dias. Posso?

— Bom, mas a que horas?

— Nós tínhamos combinado às quatro.

— A senhora Goldschmit ainda estará aqui, e achei que você nos faria companhia, mas... tudo bem, pode ir.

A garota agradeceu com um beijo no rosto da mãe e foi fazer suas tarefas. Enquanto voltava com os salgados, pensou que até não seria má ideia conversar um pouco com a mulher misteriosa.

5
É hora do chá

Quando passavam quinze minutos das três da tarde, Marília já havia ajudado a mãe a preparar a mesa com diversas guloseimas e agora observava a pai atender algumas freguesas na loja da família, ao lado de casa. A cada poucos segundos, olhava para o celular, ansiosa.

"Que estranho, nada do sinal."

Mal pensou nisso, o aparelho emitiu um toque baixo, anunciando a chegada de uma mensagem. Olhou no visor para ver de quem era.

"É o sinal! Aí vem ela!"

Instantes depois, a senhora Goldschmit passou em frente à loja, vinda da direção do cemitério. "Que gosto", pensou Marília. O que será que ela tanto ia fazer para aqueles lados? Mas, dessa vez, havia vigias, e elas descobririam de onde ela vinha. Marília respondeu à mensagem recebida com um "ok", para dizer que também vira a mulher misteriosa.

– Olha, a convidada da sua mãe está chegando – disse o pai, seu Jacó. – Que tal você ir lá dizer um oi?

Ele não precisou falar duas vezes: Marília queria muito ouvir o que a mulher e a mãe conversariam, talvez a visitante deixasse algo escapar sobre suas origens. Na noite de sábado, ouvira a mãe comentar sobre ela com o pai, por isso sabia que eles não a conheciam antes da festa. Alguma coisa ela estava querendo para ter aparecido assim, e o fato de voltar ali naquele dia reforçava as suspeitas.

Ajudou a mãe a servir o chá e ficou por ali, falando pouco, mas de ouvido atento. A maior parte da conversa era aborrecida, e Marília já estava quase indo ler um pouco no quarto quando pensou ter escutado a palavra "baú". Voltou a prestar atenção, mas o assunto mudara: agora a senhora Goldschmit falava dos bailes de antigamente. Era estranho, pois ela parecia ter no máximo a idade da mãe, e o que estava descrevendo não devia existir mais há pelo menos oitenta anos, mesmo ali no interior. Vai ver estava pensando no que via em filmes.

Por volta das quatro, como combinado, Lola tocou a campainha da casa. Trazia dois livros na mão, e depois de entregá-los a Marília e cumprimentar dona Linda, as duas lançaram um último olhar à visitante misteriosa e saíram para encontrar as outras.

6

O mistério continua

– Então, Lola? Ela saiu do cemitério? De que lado ela veio? Ela estava sozinha? – perguntou Marília, mal a porta fechara atrás delas.

– Calma, Marília. Vamos até a casa da Vera e da Rose que lá eu explico. Preciso tomar fôlego.

– Ótimo. Vamos logo que estou supercuriosa.

Quando chegaram à casa das amigas, não muito longe da de Marília, Vera, Lorena e Rose esperavam, ansiosas pelas novidades.

– Oi, pessoal. Vai, Lola, conte logo o que viu – disse Marília.

– Isso, já estamos há um tempão esperando, ela não quis falar nada antes de você chegar – apoiou Rose.

– É que eu não queria ter de contar duas vezes – justificou Lola, embora as outras desconfiassem de que havia sido para fazer suspense. – Foi assim: eu estava no meu posto de observação, na encruzilhada, atrás de uns arbustos. Estava de frente para o cemitério e podia enxergar toda a encruzilhada. De repente, ouvi um barulho às minhas costas. Virei bem rápido, mas não vi nada. Quando voltei a olhar para o cemitério, só vi uma nuvem de fumaça, mais nada. Foi menos de um minuto, a fumaça abaixou e pude ver a senhora Goldschmit, que havia passado por mim e ia na direção de sua casa, Marília. Mal tive tempo de mandar a mensagem. Depois, vim para cá, encontrar-me com as outras.

– Este caso está cada vez mais estranho – disse Vera. – Essa mulher tem de ter vindo de algum lugar!

As outras concordaram, assentindo com a cabeça.

– Mas e vocês, Rose, Lorena e Vera, não viram nada?

– Não – disse Lorena. – Fiquei esperando no meu posto e não vi nada; por lá ela não passou. Quando recebi a mensagem, vim direto para cá.

– Nem nós – acrescentou Rose. – Se ela passou por mim e pela Vera, estava muito bem disfarçada.

– Muito bem – disse Marília. – Se ela não veio da estrada da direita nem da estrada da esquerda, que vocês três estavam vigiando, só pode ter vindo do cemitério. Ou de trás dele.

– E o que vamos fazer?

– Ora, Lorena, muito simples. Vamos começar as investigações pelo lugar mais óbvio: o cemitério.

Rose deixou escapar um gritinho assustado.

– E não precisam ficar com medo, porque mortos, que eu saiba, não fazem mal a ninguém, temos de ter medo é dos vivos. Mas vamos esperar a senhora Goldschmit sair lá de casa, para segui-la. Quero ver se ela vai de novo para o cemitério. Eu estou achando tudo isso muito esquisito.

– Se vamos fazer isso, temos de nos apressar, ou ela vai embora e não conseguiremos segui-la – lembrou Vera. – Já são quatro e vinte.

★ ★ ★ ★ ★ ★

– Psiu! Lá está ela! – sussurrou Marília, parando a poucos metros de sua casa.

– Que sorte! Ela acabou de sair – cochichou Rose, em resposta.

Elas observaram a elegantíssima senhora Caterin Goldschmit – desta vez em roupas contemporâneas – sair da casa da líder das Cinco Estrelas e tomar a direção do cemitério.

– Estranho – disse Lola. – Sábado à noite ela fez toda aquela volta, e hoje, que é de dia, não faz questão de esconder para onde vai...

– Muito esquisito mesmo – concordou Rose.

– Parece até que ela *quer* ser seguida – disse Lola. – Caso contrário, tentaria despistar os possíveis perseguidores, como fez depois da festa, não é?

Ninguém respondeu. Em silêncio, as cinco garotas seguiram alguns metros atrás da senhora Goldschmit, que parecia não perceber que estava sendo seguida. De repente, quando estavam bem na frente do cemitério, uma nuvem de fumaça ergueu-se entre as detetives e a mulher. Quando a fumaça baixou, a dama misteriosa havia desaparecido de novo. As garotas entreolharam-se, depois correram até o portão do cemitério, mas não viram ninguém.

Uma estrela a mais

Como não tinham ideia de com que a senhora Goldschmit poderia estar metida – e se ela fizesse parte de uma gangue perigosa e aquilo fosse uma emboscada? –, resolveram deixar a busca no cemitério para o dia seguinte. Assim, retornaram ao quartel-general no porão da casa de Marília e acomodaram-se. A garota serviu limonada para as amigas e perguntou se alguém tinha ideias sobre o que fazer em seguida. Lola atalhou:

– Bom, antes preciso falar uma coisa. Eu já devia ter falado mais cedo, mas estava concentrada na perseguição e esqueci.

– Fale, Lola. É sobre a senhora Goldschmit?

– Não, não. É sobre a Vívian, minha irmãzinha de nove anos. Sabe o que é, quando você me telefonou, pela manhã, a Vívian, curiosa, atendeu na extensão e ouviu tudo o que nós falamos. Quando eu desliguei, ela veio correndo me perguntar quem era a senhora Goldschmit. Levei um susto e perguntei onde ela tinha ouvido esse nome. A danadinha disse: "Ora, você e a Marília estavam falando dela agora mesmo, no telefone". Eu quis disfarçar e disse que era uma senhora muito bonita que estava na sua festa de aniversário. Ela disse que ouviu você falar num plano, e que eu não a enganava. Se eu não contasse tudo, ela diria ao papai que estamos tramando algo. Aí não tive alternativa e abri o jogo. Ela ficou empolgadíssima e insistiu para que eu pedisse a vocês para entrar no grupo. O que vocês acham?

– Hum! A Vívian parece ser bem esperta... por mim, ela pode entrar no grupo.

– É isso aí. Eu concordo com a Marília. E, além do mais – ponderou Rose –, se a deixarmos de fora, ela pode nos denunciar, e aí adeus segredo.

Lorena e Vera concordaram também – uma estrela a mais seria bem-vinda. Lola, como irmã, deu o voto final:

– Eu conheço a Vívian melhor do que ninguém, e ela é muito esperta. Não por ser minha irmã, mas acho que ela seria de muita ajuda.

– Então, a Vívian já faz parte do nosso grupo. Aliás, teremos de trocar nosso nome: daqui para frente, seremos as Seis Estrelas.

Após uma rodada de aplausos, as cinco voltaram ao assunto do mistério. Lola, Lorena, Vera e Rose queriam saber o que a senhora Goldschmit falara no chá, mas Marília não ouvira nada que pudesse ajudá-las.

– Eu tenho a sensação de que estou deixando algo escapar, de que no meio daquela conversa toda havia algo útil, só não consigo identificar o que é. Sem falar que eu só peguei metade do papo...

Sobre o que fazer a partir dali, todas tinham alguma ideia, contudo, nada parecia muito promissor. Por fim, quando já estavam todas falando ao mesmo tempo sem avançar em nada, Marília propôs:

– Se ninguém tem um plano mais concreto, eu sugiro o seguinte: amanhã, ali pelas duas horas da tarde, nos reunimos de novo aqui em casa com a desculpa de terminarmos de organizar o piquenique. A Vívian pode vir junto. Nós precisaremos de uma corda, duas lanternas, papel e caneta, uma caixa e um bumerangue.

– Para que tudo isso?

Marília explicou:

– Vamos precisar desse material para nossa incursão no cemitério. Eu ficarei com o bumerangue, que usarei para derrubar algum objeto pequeno a distância, se for necessário. A Vívian levará a caixa, onde guardará objetos que encontrarmos e servirem de pista. A Lola levará papel e caneta, para apontar quais são essas pistas. Lorena e Vera levarão as lanternas, para iluminar algum canto escuro. Você, Rose, levará a corda, que servirá para laçarmos e amarrarmos alguém, ou mesmo para preparar alguma armadilha. Entenderam?

Mesmo que ainda um pouco em dúvida, as outras concordaram.

– Só uma pergunta – disse Vera. – Os objetos pequenos a que você se referiu, o que seriam?

– Bom, seriam pistas, alguma coisa que quiséssemos derrubar para desviar a atenção de alguém, ou mesmo um revólver!

– Um revólver?

– Sim. Ainda não sabemos quem é a senhora Goldschmit e o que ela está querendo; portanto, como disse antes, ela pode ser perigosa. Por isso, ao chegarmos ao cemitério, sondaremos primeiro dentro dele, e, depois, ao redor. Vamos todas juntas, por precaução. Devemos ficar atentas a tudo, e nos defenderemos com a corda e o bumerangue. Até as lanternas ajudarão numa possível defesa: nós as ligaremos no rosto da pessoa que tentar nos agredir, e ela ficará com dificuldade de enxergar, facilitando nossa defesa ou nossa fuga. Mas não se preocupem, pois agiremos com cautela e cuidado, e não nos acontecerá nada de mal.

Investigações

No dia seguinte, conforme o combinado, as seis garotas encontraram-se outra vez, cada uma trazendo o material do qual ficara encarregada.

– Para começarmos – disse Marília, abrindo a reunião –, vamos colocar os nossos distintivos. Eu fiz outros, pois agora, com a entrada da Vívian no grupo, o nome mudou de Cinco Estrelas para Seis Estrelas.

Todas alfinetaram a sua estrela à blusa e sentaram-se.

– Vívian – continuou Marília. – Como a Lola já deve ter explicado, o nosso grupo secreto tem como objetivo investigar casos estranhos. Todas nós, inclusive você, somos detetives. Eu sou a detetive-chefe, e a Lola é a secretária. Hoje, nós vamos investigar no cemitério. Mas, antes, eu vou contar uma novidade sobre o caso.

– Uma novidade? – Espantaram-se todas.

– Isso mesmo – continuou Marília. – Ontem, quando a senhora Goldschmit estava aqui em casa, achei que a ouvi falar alguma coisa sobre um baú, mas, quando fui prestar atenção, ela já estava falando de outra coisa. Então, saí para encontrar vocês e não pude acompanhar o resto da conversa. À noite, puxei assunto sobre o chá com minha mãe, perguntando como tinha sido. Mamãe disse que a senhora Goldschmit era muito simpática, tinham conversado bastante, apenas esquecera de perguntar de onde ela era. Engasguei, mas disse que uma amiga minha de São Nicolau tinha me pedido para a tia dela acompanhá-la na festa. Como mamãe não conhece todas as minhas amigas de São Nicolau, acreditou. O mais importante, no entanto, é que minha mãe também a ouviu mencionar um "segredo do baú", mas depois mudou de assunto.

– E por que isso é importante, Marília? – quis saber Rose.

– Porque existe um segredo em um baú na nossa família. Minha mãe não quis perguntar nada na hora para não parecer indiscreta, pois poderia haver um segredo do baú na família da senhora Goldschmit também, mas não acredito nisso. Ela está a fim de descobrir alguma coisa.

– Mas descobrir o quê? E afinal, o que é esse tal segredo do baú?

– Uma pergunta de cada vez. Vou começar respondendo à segunda. O tal "segredo do baú" é um segredo que há num baú que foi de meu bisavô, mas ninguém sabe o que é. Se soubéssemos, não seria mais segredo, não? Nós já esvaziamos o baú diversas vezes, mas não descobrimos nada. Eu só não sei como a senhora Goldschmit ouviu falar disso, já que não saímos comentando sobre o assunto por aí. Só se houver um segredo parecido na família dela, mas, como eu disse, não creio que seja isso. Quanto ao que ela quer descobrir, não sei; deve ter algo a ver com esse segredo. Bom, agora vamos ao trabalho, já são quase duas e meia.

As seis saíram em direção ao cemitério, fazendo um desvio para não passar em frente à loja dos pais de Marília – se eles as vissem com cordas e lanternas, iam querer saber para que eram esses materiais e poderiam atrapalhar seus planos. Quando chegaram ao portão, a líder do grupo avançou, com cautela, e olhou para dentro. Não viu nada, nem ninguém.

– Vamos entrar, garotas. Campo limpo – disse.

Entraram todas, receosas, com a sensação de que alguém as observava. Percorreram todo o cemitério e não encontraram nada suspeito. Quando estavam saindo, decepcionadas, Vívian olhou de relance para o chão. Viu uma espécie de vidrinho e recolheu-o. Parecia uma ampola, daquelas de injeção. Todas observaram o objeto, que não trazia inscrições. De que seria? E o que estaria fazendo ali? Vívian guardou-a na caixa de pistas, e Lola anotou no seu caderninho: "Pista número 1: uma ampola vazia, encontrada na entrada do cemitério". Não tinham certeza de que aquilo estava ligado à senhora Goldschmit, mas, mesmo assim, ficaram animadas e resolveram dar uma nova conferida nos túmulos. Localizaram apenas rastros sujos no muro de trás do cemitério, mas isso não servia de pista, pois qualquer moleque podia tê-los feito – até mesmo Marília, quando pequena, gostava de bancar a equilibrista e havia andado, diversas vezes, no largo muro do cemitério.

Saíram e deram a volta, costeando o muro. Encontraram marcas de pneus de automóvel no terreno atrás do campo-santo. Isso lhes pareceu um pouco mais promissor, pois ali havia apenas roças, e se houvesse marcas de pneus, teriam de ser de pneus de tratores. Mas não, aquelas eram, sem dúvida, de automóvel.

– Anote aí, Lola – disse Marília. – "Pista número 2: marcas de pneus de automóvel em uma roça atrás do cemitério, coincidindo com rastos de pés no outro lado do muro."

– Já estou anotando – respondeu Lola.

Rose sugeriu:

– Por que não seguimos essas marcas para ver onde vão dar?

As outras aplaudiram a ideia e puseram-se todas a seguir as marcas recém-descobertas. Logo, no entanto, estas misturaram-se na plantação de soja, não deixando ver direito para onde o carro seguira. Só o que perceberam era que o carro viera ali mais de uma vez ("o dono da plantação não deve ter ficado muito feliz com isso", disse Vera), e de diferentes direções, pois havia plantas amassadas tanto para a direita quanto para a esquerda. Além disso, as marcas não pareciam ser daquele dia.

– Não adianta – disse Vívian, desanimada. – Essas marcas dão em estradas, em duas diferentes, e ali elas vão se confundir com marcas de pneus de outros carros.

– Ela tem razão – disse Rose. – O melhor que podemos fazer agora é voltar para a sede.

Todas concordaram, pois não tinham mais o que fazer ali. Foram indo, uma a uma, em fila indiana, atrás de Marília. Estavam desanimadas, e embora não dissessem isso em voz alta, perguntavam-se se um dia solucionariam aquele caso.

9

As fotografias

Marília acordou tarde. Estava de férias e precisava aproveitar e descansar a cabeça, ainda mais que andava tão preocupada com a misteriosa senhora Goldschmit que, nas últimas noites, não conseguira dormir direito.

As Seis Estrelas não haviam marcado nenhuma reunião para esse dia, para poderem pensar com mais calma sobre o mistério. Marília levantou-se e, depois de arrumar-se e tomar café, foi até a loja de seus pais.

Quando chegou, seu Jacó estava atendendo uma freguesa, e dona Linda examinava algumas fotos. Marília chegou junto do pai, deu-lhe um beijo e um bom-dia. Depois foi ter com a mãe, repetiu o gesto e perguntou:

– Que fotos são essas, mamãe?

– São as fotos de seu aniversário, minha filha. O fotógrafo as trouxe há pouco. Olhe só como você saiu bonita. E nesta aqui? Você está lindíssima!

Marília olhou a foto que a mãe mostrava. Arregalou os olhos de espanto, mas forçou um sorriso e disse:

– Tem razão, eu saí bonita, mas não precisa exagerar. Ah, mãe, depois que você olhar as fotos, posso levá-las para casa? É que eu queria colocá-las no álbum que ganhei de presente da tia Lourdes.

Dona Linda sorriu.

– Claro, Marília. Pode levá-las agora, seu pai também já olhou. Acho tão legal fotos em álbuns, hoje em dia, todo mundo só coloca fotos na internet, mas eu gosto mais assim, impressas.

Marília, que embora postasse nas redes sociais, ainda era fã de tudo que fosse impresso, concordou. Depois, pegou as fotos e correu para casa, onde ficou olhando por bastante tempo para a foto que a mãe mostrara-lhe. A seguir, pegou o celular e mandou uma mensagem no grupo das Seis Estrelas: "Urgência. Tenho novidades, não dá para explicar agora. Vamos nos reunir à tarde na casa da Lola e da Vívian? Posso passar nas outras casas no caminho."

As amigas bombardearam-na com mensagens pedindo detalhes, mas a garota só respondeu que precisava mostrar algo para elas. Passou o resto da manhã pensativa. À tarde, logo após lavar a louça do almoço, pediu à mãe para ir de bicicleta levar as fotos para as amigas verem – depois postaria algumas nas suas redes sociais, mas queria que vissem seu álbum primeiro. Além disso, havia encomendado uma foto com cada amiga para entregar de lembrança.

– Por mim, você pode ir. Mas pergunte ao seu pai.

Marília repetiu o pedido ao pai, que também concordou.

– Se sua mãe deixou, pode ir. Só tome cuidado com o trânsito. E não vá voltar de noite.

– Pode deixar, papai – respondeu Marília, com um sorriso de "eu-sei-me-cuidar". – E estarei em casa antes das cinco horas.

Marília pegou o álbum, colocou-o numa sacola e saiu de bicicleta. Primeiro passou na casa de Carminie, uma colega que morava quase em frente – os pais estranhariam se ela não fosse lá. Mas não demorou muito, apenas entregou-lhe a foto de recordação e despediu-se, dizendo que ainda tinha muitos lugares aonde ir.

Chegando na casa de Rose e Vera, pediu aos pais destas que as deixassem acompanhá-la até a casa de Lola, justificando que era longe e não queria ir sozinha. As amigas montaram também em suas bicicletas e as três saíram a toda. No caminho, passaram na casa de Lorena e usaram a mesma desculpa para que ela fosse junto. Quando chegaram na casa de Lola, esta convidou-as para entrar.

– Que tal nós nos sentarmos lá na sombra para ver as fotos, já que o dia está tão bonito? – sugeriu Marília, apontando algumas árvores no pátio e piscando um olho para a amiga.

– É uma boa ideia – disse Lola, compreendendo que a intenção era não serem ouvidas por nenhum adulto. – Esperem aqui, vou chamar a Vívian.

Lola voltou do interior da casa com alguns tapetes para sentarem-se, seguida por Vívian, que carregava uma jarra de suco e seis copos.

– Oi, turma! – saudou Vívian. – Vamos nessa?

Logo estavam as seis sentadas à sombra das árvores. Marília pegou as fotos e mostrou-as às amigas. Todas olharam o álbum e, por fim, Lola perguntou:

– Marília, mas cadê a novidade? Não vá dizer que a urgência a que você se referiu no telefone era apenas essas fotos, vai?

– Claro que não, Lola. Não são essas fotos a urgência, mas, sim, *esta* foto – respondeu Marília, apontando o registro dos convidados ao redor do bolo.

– O que tem esta foto? – perguntou Vera, espichando o pescoço para olhar de novo a fotografia.

– É, Marília! Esta foto está tão bonita, a não ser por esse reflexo aqui – disse Lorena, colocando o dedo bem no meio da foto. – E o reflexo deve ser um erro do fotógrafo, nada de extraordinário.

– É aí que vocês se enganam – discordou a líder das Seis Estrelas. – Vocês lembram-se de que na nossa primeira reunião, ainda no dia da minha festa de aniversário, eu disse que, na hora da foto do bolo, a senhora Goldschmit tentou esconder-se, mas não conseguiu? Pois procurem--na nessa foto.

– Ela... ela não está aí! – exclamou Rose, após novo exame da fotografia.

– Ora, bobagem – retrucou Lola. – Vai ver ela conseguiu esconder-se.

– Isso não – respondeu Marília. – Não deu tempo de ela fugir. E, além do mais, ela estava *bem aqui* onde está este reflexo de que a Lorena falou.

Todas ficaram boquiabertas. Quase um minuto se passou sem que as seis garotas pronunciassem palavra alguma. Por fim, Vívian quebrou o silêncio:

– Mas... não pode ser. Você deve estar enganada, Marília!

– Não. Ela estava ali, sim. Eu tenho certeza disso.

– Mas, se você não se enganou, o que pode ter acontecido? – indagou Lola.

– Não sei. Só o que sei é que ela *estava* aqui, mas não aparece na foto.

10

Um fantasma?

— Mas ela só poderia desaparecer desse jeito se tivesse poderes mágicos, ou... – disse Lorena, reticente.

— Ou o quê?

— Ou se fosse um fantasma.

— Deixe de besteiras, Lorena – censurou Lola. – Fantasmas não existem.

— Não sei se isso é tanta besteira assim...

— Marília! Não vai me dizer que você também acha que a senhora Goldschmit é um fantasma, vai? – preocupou-se Rose.

— Não é essa a questão. Eu também não acredito em fantasmas, mas confesso que cheguei a pensar nessa possibilidade, pois não encontro uma explicação lógica. Além disso, desde o dia da festa eu tentava me lembrar de onde conhecia o nome da senhora Goldschmit. E agora me lembrei.

— E de onde é? — perguntou Vívian, curiosa.

— Bem... eu tinha uma bisavó chamada Caterine, e outra com o sobrenome Goldschmit, ambas bisavós maternas...

— Marília, você não está querendo dizer que as duas se juntaram e agora são a senhora Caterin Goldschmit, está? — questionou Lorena, arregalando os olhos.

A líder das Seis Estrelas deu de ombros.

— Como eu já disse — respondeu —, apesar de não acreditar em fantasmas, tudo leva a crer que ela seja um, ou dois. Primeiro: ela aparece em minha festa de aniversário, sabe-se lá vinda de onde, tem convite (que eu não mandei), me conhece, conhece meus parentes, fala com mamãe de assuntos sobre a vida de minhas bisavós, descreve bailes de antigamente. Segundo: naquele dia, ela estava vestida com roupas que eram usadas há cerca de cem anos, que foi a época em que as minhas bisavós viveram. E a roupa parece nova. Terceiro: ela aparece e desaparece de forma misteriosa, em frente ao cemitério. Quarto: ela conhece um segredo de minha família. Quinto: não aparece em uma fotografia. Sexto: o seu nome. Vocês não acham que é muita coincidência?

— É... tem razão, Marília — disse Vera —, mas, mesmo assim, me parece muito difícil de acreditar que ela seja um fantasma.

— Eu sei — concordou Marília. — Nem eu mesma acredito, só acho estranho tantas coincidências juntas.

— Tive uma ideia — exclamou Vívian, de repente. — Se a senhora Goldschmit não é um fantasma, ela pode estar querendo que nós pensemos que é!

– Ótima ideia, Vívian! – Alegrou-se Marília. – Mas, tirando os fatos que podem ser explicados de forma mais fácil, falta-nos descobrir como ela conseguiu o convite, como sabe assuntos e segredos da minha família, como aparece e desaparece e como não está na foto. E também, é claro, o que ela está querendo com toda essa encenação.

– É... – concordou Vívian. – Mas tem de haver uma explicação.

– Concordo, mas precisamos descobrir *qual é* a explicação – disse Vera.

– Isso mesmo – prosseguiu Marília. – E sabem o que eu estou pensando? Essa falsa senhora Goldschmit está querendo descobrir algo, por isso está tentando se passar por fantasma para nos assustar ou para melhor conseguir seu intento.

– Basta sabermos *o que* ela está querendo – tornou Vera.

– Conte de novo como é o tal segredo do baú existente em sua família – pediu Lola.

– É o seguinte: meu bisavô materno tinha um baú, o qual dizia ter um segredo muito importante. O baú ainda existe, mas não se sabe qual é o segredo. Eu e minha prima o esvaziamos e reviramos diversas vezes, mas não descobrimos nada.

– E será que existe mesmo um segredo nele? – perguntou Vívian.

– Existe. Tenho certeza. O que meu bisavô ganharia em inventar isso? Uma coisa importante: só quem é da minha família sabe da existência desse segredo. Vocês são as primeiras pessoas não descendentes de Wilhelm K. Goldschmit a terem conhecimento dele.

– Vai ver – deduziu Lola – que a tal senhora Goldschmit descobriu que existe um segredo e quis saber o que é, já que falou sobre ele durante o chá com sua mãe.

– Pode ser – respondeu Marília. – Mas como ela soube da existência desse segredo? E o que nós vamos fazer?

Ficam as seis a pensar, e, por fim, Marília tem uma ideia.

– Gente, já que a senhora Goldschmit sempre aparece e desaparece em meio à fumaça, na frente do cemitério, vamos fazer assim: mamãe falou que essa falsa dama do início do século passado voltará lá em casa amanhã à tarde, para tomarem o chá juntas outra vez, na mesma hora de anteontem. Nós montaremos o mesmo sistema de guarda que já fizemos, mas com uma diferença...

11
Peixe na rede

O dia amanheceu tranquilo. Marília acordou cedo e, depois de tomar café, seguiu até a loja dos pais, que estava bastante movimentada. Precisava arranjar uma desculpa para sair à tarde e pôr em prática o plano que idealizara. Mas qual? A do piquenique já estava muito gasta, e as fotos já haviam sido mostradas às amigas.

Enquanto o movimento não diminuía, Marília pensava no assunto. Já era quase meio-dia quando teve uma ideia. Pediu licença à mãe para sair um momento, a fim de entregar à irmã as fotos que separara para ela. Foi até em casa, pegou as fotos e depois foi ter com a irmã, Lili, que era casada e morava ali perto.

– Oi, Lili. Vim trazer algumas fotos do meu aniversário para você.

– Obrigada, maninha. Entre, por favor.

Marília entrou, entregou as fotos à irmã e, tomando coragem, abordou o verdadeiro assunto que a trouxera até ali:

– Mana, preciso da sua ajuda.

– Se for algo possível – respondeu a irmã mais velha.

– Sabe o que é, preciso sair hoje à tarde, é urgente, mas não posso contar ainda o motivo para a mamãe. E ela não vai me deixar sair assim, sem mais nem menos, ainda mais hoje que a senhora Goldschmit vai lá em casa para tomar chá, e talvez ela precise de mim para ajudar em alguma coisa.

– Tudo bem. Mas diga logo: o que você quer que eu faça?

– Eu queria que pedisse à mamãe para ela me deixar fazer compras e pegar algumas encomendas para você, hoje à tarde.

– Sim, mas... me conte: o que é que você vai fazer hoje à tarde? Encontro com o namorado?

– Ai, Lili, você sabe que eu ainda não tenho namorado, né? Como eu disse, não posso contar agora, nem para você, nem para a mamãe. Aliás, não posso contar ainda para ninguém. Não gosto de enganar a mamãe, só que desta vez é preciso. Mas dou a minha palavra que não estou fazendo nada errado e que, quando tudo estiver acabado, talvez ainda hoje à tarde, contarei tudo para nossos pais e para você. Vai me ajudar, não vai?

– Eu ajudo, mas não vá me fazer besteira, tá? Senão depois a mãe e o pai vão colocar a culpa em mim por ter te dado cobertura.

– Pode estar certa que não. Eu sei me cuidar muito bem.

Marília agradeceu e correu para a loja da mãe, onde o movimento havia começado a diminuir.

Pouco depois, Lili chegou e, colocando o plano em ação, pediu-lhe para fazer umas compras e pegar umas encomendas para ela naquela tarde. Marília respondeu:

– Por mim, tudo bem, mas depende da mamãe. Se ela deixar, eu vou.

Dona Linda consentiu.

Às duas horas da tarde, quando os pais voltaram à loja, Marília disse à mãe que sairia para fazer as compras da irmã. Antes de ir ao encontro das amigas, passou no porão pegar uma sacola que havia deixado preparada. Deu uma volta na quadra para disfarçar e chegou ao cemitério. Lola, Lorena e Vívian já estavam lá, e Rose e Vera chegaram um pouco depois.

– Olá, garotas! Que desculpa vocês deram?

– Oi, Marília. Eu pedi a meus pais que viéssemos comprar umas frutas e bolachas, para levarmos no nosso piquenique – disse Lola.

– E eu pedi para acompanhá-las – acrescentou Lorena.

– E nós – disse Vera – pedimos para jogar vôlei na sua casa, Marília.

– E você, Marília? – quis saber Rose.

– A Lili, minha irmã, me ajudou. Eu falei com ela e ela pediu à mamãe que eu lhe fizesse umas compras agora à tarde.

– Mas você não contou nada para a sua irmã, contou, Marília?

– Não, Lola. Apenas pedi que me ajudasse e disse que não podia contar ainda o motivo, e ela concordou. Mudando de assunto, são apenas duas e vinte. Como a senhora Goldschmit não aparecerá antes das três, vamos repassar o nosso plano para ver se não esquecemos de nenhum detalhe.

Depois de repassarem o planejado ponto por ponto, a mais nova das Seis Estrelas perguntou:

– Você trouxe o material de hoje, Marília?

– Claro, aqui está – disse a menina, enquanto abria a sacola e mostrava o seu conteúdo.

Lá dentro estavam uma grande rede de pesca, pertencente a seu Jacó, e duas cordas. Rose e Lola pegam uma corda, Vera e Vívian pegam a outra. Marília e Lorena encarregam-se da rede de pescar.

– Agora, cada uma em seu lugar – comandou Marília.

Rose e Lola posicionaram-se bem na esquina em frente ao cemitério, à direita. Marília e Lorena ficaram um pouco atrás. Vívian e Vera assumiram seu posto no lado esquerdo da estrada pouco movimentada.

– Lembrem-se – disse Marília –, escondam bem os seus materiais; não importa que nós sejamos vistas, mas ninguém pode ver o que nós temos nas mãos, certo?

– Certo – responderam todas.

– Outra coisa – lembrou Lorena –, se ouvirmos um barulho atrás de nós, não devemos olhar, senão acontece como da outra vez e a "fantasma" passa por nós sem percebermos.

– Isso mesmo – concorda Marília. – Vamos ficar atentas. Entendido?

– Entendido – responderam as outras Seis Estrelas.

– Só mais uma coisa – disse Vívian. – E se ela tomar outro caminho?

– Não acredito que ela faça isso, pois se quiser nos convencer de que é um fantasma, precisa continuar vindo do cemitério. Mas se por algum motivo mudar de ideia hoje, nós daremos a volta e faremos a armadilha no outro caminho – respondeu Marília.

– Faltam menos de quinze minutos para as três. Logo ela aparece – disse Lola.

As Seis Estrelas agacharam-se nos locais escolhidos, escondendo os seus materiais de caça à fantasma. O tempo parecia passar devagar, e às três e dez as garotas escutaram um barulho atrás de si. Apesar de ficarem curiosas, mantiveram o olhar voltado para o cemitério, sabendo que algo estava para acontecer e que a solução do mistério da dama dependia da concentração de todas. Nisso, pareceu-lhes que alguma coisa caía na estrada, à sua frente. Não conseguiram ver o que era, pois ergueu-se à frente delas uma espessa nuvem de fumaça.

– Agora! – gritou Marília.

E Marília correu para o outro lado da estrada, estendendo a rede. Rose e Vívian fizeram o mesmo, estendendo as duas cordas e circundando a nuvem de fumaça. Quando esta baixou, elas viram a senhora Goldschmit parada, com expressão de raiva, medo e espanto.

Rápidas, Marília e Lorena jogaram a rede em cima da mulher, e as outras amarraram-na antes que a falsa fantasma pudesse recuperar-se da surpresa.

– Larguem-me, suas... suas... pestes! – gritou a senhora Goldschmit.

As garotas nem ligaram para os protestos da prisioneira.

– Peixe na rede! – gritou Marília, triunfante.

– Está fisgado! Está fisgado! – gritaram as outras, em coro.

12

O segredo da dama

— Senhora Goldschmit — disse Marília —, nós não nos impressionamos com o seu disfarce de fantasma. Agora a senhora está em nossas mãos e vai nos contar direitinho o que estava planejando.

— Eu não tenho nada para contar! — gritou a senhora Goldschmit. — Larguem-me, suas pestes!

— Ora, ora — zombou Vívian. — Está perdendo a classe, sua *falsa* senhora Goldschmit?

— E quem lhes disse que não sou a senhora Goldschmit? E quem lhes garante que não sou um fantasma? — desafiou a dama misteriosa.

— Ora, muito simples — respondeu Marília. — Um fantasma verdadeiro não faria tudo para mostrar-se um fantasma, não precisaria de uma nuvem de fumaça para aparecer e desaparecer e nem andaria de carro, deixando marcas atrás do cemitério.

– Que marcas? – defendeu-se a senhora Goldschmit.

– Não se faça de desentendida – replicou Vera. – Estamos falando daquelas marcas que a senhora fez, com seu carro, atrás do cemitério, em meio à plantação. Você nega?

– Está bem, está bem – respondeu, enfim, a senhora Goldschmit. – Eu confesso. Fui eu sim que deixei essas marcas. E daí? Posso andar de carro onde bem entender.

– E ainda quer se passar por fantasma. Fantasmas não andam de carro – retrucou Lorena. – E, além do mais, andou de carro numa propriedade privada, sobre uma plantação, estragando as plantas que ali estavam. Você sabe que poderia ser presa e processada por invasão de propriedade e dano ao patrimônio alheio?

A falsa dama secular nada respondeu. Lorena continuou:

– E tem mais: se não nos contar tudo, vamos levar a senhora para a nossa sede secreta e deixá-la presa lá. Sem água e sem comida. Afinal, um fantasma não precisa alimentar-se, não é?

– Vocês não fariam isso – respondeu a dama.

– A senhora quer experimentar? – respondeu Lorena, com expressão desafiadora, embora não fosse mesmo fazer isso.

Vencida, a senhora Goldschmit respondeu:

– O que vocês querem saber?

– Isso – disse Marília, sorrindo. – É assim que eu gosto. Mas, primeiro, vamos sair daqui. Ficaria muito esquisito se alguém passasse por aqui e visse a senhora, com uma rede por cima, amarrada, no meio da rua em frente ao cemitério. Sabe, as pessoas são muito sugestionáveis, podem pensar que nós aprisionamos um fantasma que saiu de algum túmulo aí dentro... Por sorte, quase não passam carros por aqui.

Enquanto desamarravam a pseudofantasma, Marília aconselhou-a a não tentar fugir, pois eram seis contra uma e logo a alcançariam.

– Portanto, comporte-se como uma dama – completou.

Todas riram, menos a mulher. Marília continuou:

– Vamos para a nossa sede. Taparemos os olhos da minha falsa bisavó para que ela não veja aonde estamos indo. Para que ninguém note que está com uma venda, colocaremos nela estes óculos escuros que estou usando. Vamos, garotas.

Assim o fizeram. Após desamarrarem-na, vendaram seus olhos e colocaram-lhe os óculos de sol. Se olhasse bem, alguém poderia notar a venda, mas as garotas sabiam que ninguém ficaria olhando para o rosto dela à toa. Deram algumas voltas, para que a mulher que dizia chamar-se senhora Goldschmit não desconfiasse do lugar para onde iriam. Chegando a um terreno vazio, nos fundos da casa de Marília, por lá entraram sem que ninguém as notasse. Dali passaram direto ao porão. Fecharam a porta, ligaram a luz e sentaram-se. Marília tirou a venda dos olhos da prisioneira e ordenou:

– Agora conte-nos tudo direitinho. Pode começar pelo seu nome.

A dama riu.

– Não, minha querida, o meu nome vocês não vão saber. Podem seguir me chamando de Caterin Goldschmit, se quiserem. Mas já que meu plano falhou mesmo, posso contar como cheguei até aqui. Tudo começou há mais ou menos um mês. Eu estava no correio, lá na vila de Campina Vermelha. A moça do correio estava examinando umas cartas para ver se tinha correspondência para mim – não me olhem com essa cara, não vou dizer o meu nome – e, de repente, derrubou uma das cartas do balcão, sem ver; eu a juntei e ia devolvê-la quando vi, pelo envelope, as palavras "baú do tesouro". Então, sem que ninguém visse, coloquei a carta na minha bolsa e fui para casa. Na cozinha, abri a carta com o vapor da chaleira e a li. Era uma carta sua, Marília, para uma prima sua lá de Campina Vermelha. Nela você falava sobre o segredo de um baú que fora de seu bisavô, no qual você e sua prima haviam mexido para descobrir o mistério. Você perguntava se ela havia descoberto mais alguma coisa e dizia que achava que existia mesmo algo de valioso escondido em alguma parte do baú. Também a convidava para sua festa de aniversário. Aí, tirei uma cópia do convite que acompanhava a carta, recoloquei tudo no envelope, fechei-o e levei de volta ao correio alguns dias depois. Sua prima deve tê-la recebido sem desconfiar de nada.

– A senhora pensou rápido e elaborou um bom plano – disse Marília. Minha prima me telefonou dizendo que não pôde vir, pois a carta chegou depois de ela já ter marcado outro compromisso. Com certeza foi a senhora que armou isso também, para que ela não viesse na festa e a reconhecesse, não foi?

– Muito esperta você. Sim, foi isso mesmo que aconteceu. De nada adiantaria eu vir à sua festa e fazer aquele teatro todo se a sua prima me visse, pois ela lhe diria quem eu era. Por isso, arranjei para que ela e seus tios fossem convidados para uma outra festa naquele mesmo dia, e só depois de certificar-me de que eles haviam aceitado é que recoloquei a sua carta no correio.

– E o resto? – indagou Lorena, mal contendo a curiosidade. – A roupa e a foto?

– Foto? Que foto? – exclamou a fantasma desmascarada.

– Ora! Não se faça de desentendida! – replicou Vera. – A foto do bolo, em que você não apareceu.

– Essa agora é novidade. Não tenho nem ideia do que vocês estão falando!

As garotas entreolharam-se. Estaria a senhora Goldschmit jogando a sua última cartada? Se não, como era que...

– Eu explico o que aconteceu – disse Marília. – A nossa amiga aqui está falando a verdade desta vez.

Todas as atenções voltaram-se para ela.

– Marília, você não está querendo dizer que...

– ... que inventei a história da foto? Não, Lorena, não inventei nada.

– Mas, então, como pode ela não ter aparecido na imagem?

– Calma, eu tenho uma teoria. Em primeiro lugar, me diga, cara senhora: que roupa era aquela que vestia? Onde a arrumou?

– Era um vestido igual aos usados no começo do século XX, que mandei fazer dizendo que era uma fantasia para o próximo carnaval. Não o usei depois da festa, nas outras visitas, para não chamar demais a atenção das outras pessoas.

– Eu não disse que parecia roupa de carnaval? – disse Lola, triunfante.

Marília e as demais ignoraram o comentário.

– Além do vestido, você usava uma espécie de capa, não? – questionou a líder das Seis Estrelas.

– Sim, uma capa que também fazia parte de uma fantasia carnavalesca. Mas o que tem isso a ver com a tal foto de que falaram?

– Bem, me corrija se eu estiver errada: a sua capa era da cor prata, brilhante, e de um material semelhante ao plástico?

– Sim, mas continuo a não entender.

– Nem eu – assegurou Lola.

– E vocês? – perguntou Marília às outras.

Lorena, Vera e Rose acenaram com a cabeça em negativa. Só Vívian é que disse, com ar de dúvida:

– Acho que sei aonde quer chegar.

– Então, vejamos se você acertou. Na hora da foto do bolo, como eu já disse, a nossa suposta fantasma resolveu esconder-se, pois não queria aparecer na foto. Ora, onde já se viu um fantasma aparecer em uma foto? Se aparecesse, isso estragaria seus planos, e, além disso, alguém poderia reconhecê-la. Tudo certo até aí?

– Sim – concordaram todas, inclusive a falsa fantasma, que acrescentou:

– Só que eu pensei que não tinha conseguido escapar a tempo.

– E não conseguiu mesmo. Mas teve um golpe de sorte: na sua tentativa de fuga, virou de costas bem na hora da foto...

– Mas, Marília, nem de costas ela aparece... só tem o reflexo mesmo! – disse Rose.

– É aí que está: o reflexo. Confere com a sua ideia, Vívian?

– Tudo certo – concordou a garota menor.

– Bem, como eu ia dizendo – prosseguiu Marília –, a senhora Goldschmit virou de costas na hora da foto. O brilho do *flash* da máquina fotográfica refletiu-se em sua capa com tamanha intensidade que fez com que ela própria não aparecesse na foto, só aquele brilho em seu lugar.

Todas, exceto Marília e Vívian, olharam-se atônitas. Aquela ideia até que poderia fazer sentido.

– É a única explicação possível – disse Vívian. – Quando Marília falou da capa, também me veio essa ideia na cabeça.

– Mas como é que você foi se lembrar da capa, Marília? Nunca pensaria que podia haver uma relação – falou Lola, ainda espantada com a dedução da amiga.

– Simples – respondeu ela, com uma pontinha de orgulho. – Bastou ser observadora e ligar os fatos, além de, lógico, pensar bastante. E não esqueça que a Vívian também pensou nessa hipótese.

– Só que eu pensei nisso apenas porque você mencionou a capa, e insistiu nesse ponto – completou Vívian.

– Mas confesso – disse Marília, com um sorriso – que só há poucos minutos é que cheguei a essa conclusão...

13

A vez de Vera

— Então — disse Lorena —, o mistério está esclarecido.

— Não está não, ainda falta uma coisinha — retrucou Rose, dirigindo-se à prisioneira. — Como é que a senhora aparecia e desaparecia em frente ao cemitério? De onde vinha aquela fumaça toda?

A senhora Goldschmit olhou-as com um ar de quem guarda um trunfo na manga.

— Vocês dizem que eu não sou um fantasma e parecem saber de tudo — disse, com um sorriso. — Pois bem: expliquem isso agora, se são capazes.

Marília abriu a boca, mas Vera antecipou-se:

— Agora é a minha vez. Quando nós fomos investigar no cemitério, a Vívian achou uma ampola, que na hora ninguém soube dizer para que servia. Aquilo me intrigou e fiquei pensando no assunto. Acabei chegando a uma conclusão: a ampola continha um produto químico que produzia fumaça. Lembram da feira de ciências da escola, no ano passado? Teve um grupo que fez umas bombas de fumaça misturando bicarbonato de potássio, peróxido de hidrogênio e alguma coisa mais, que não recordo direito.

As outras murmuraram uma concordância, e Vera continuou:

– Na encruzilhada do cemitério, vocês devem estar lembradas que ouvíamos um barulho atrás de nós, virávamos para olhar e a fumaça aparecia. Agora há pouco, não nos viramos, e eu tive a impressão de ver algo caindo no chão antes da fumaça subir. Assim que "pescamos" o nosso fantasma, procurei e achei no chão uma ampola idêntica à da outra vez, que a senhora Goldschmit, ou seja lá qual for o seu nome verdadeiro, atirou ao chão e que, com o impacto, abriu-se e produziu a fumaça.

– Também vi algo caindo – concordou Vívian.

– Parabéns – disse Marília. – Você está se mostrando uma ótima detetive.

Vera sorriu, envaidecida, e completou:

– E a senhora, dona Caterin Goldschmit, concorda com a minha ideia?

– Não adianta querer negar, parece que vocês têm uma bola de cristal – suspirou a fantasma, derrotada. – É isso mesmo.

– O que a senhora pensava conseguir? – perguntou Marília. – Qual o seu plano?

– O plano parecia ser perfeito. Eu sabia o nome de uma de suas bisavós, Caterine, e o sobrenome de outra, Goldschmit. Resolvi misturar os dois, para não dar tanto na vista, mas sabia que você perceberia. E era isso que eu queria: que percebesse o meu nome e pensasse que eu era um fantasma, ou melhor, os fantasmas de suas duas bisavós maternas em um só. Aí, na visita de hoje ou na próxima, eu tocaria no assunto do baú e insistiria até que você me contasse o segredo. Não sei no que eu errei – desabafou.

– Você errou em muitas coisas, senhora Goldschmit – disse Vera.

– É – disse Marília. – E a senhora errou, principalmente, em resolver fazer essa brincadeira. A senhora poderia até ter sido presa, arriscou-se por nada.

– Como por nada? – exclamou a falsa dama – E o segredo do baú? Esses baús antigos muitas vezes eram cofres de joias, e segundo a sua própria carta, o de seu bisavô era um desses.

Marília replicou, com toda a calma do mundo:

– Pois a senhora se enganou! Isso porque não tem segredo nenhum: tudo não passa de uma brincadeira entre mim e minha prima.

14

O conto do tesouro

– Como? – indagaram seis vozes atônitas.

– Isso mesmo que vocês ouviram: o tal baú nem existe. Quer dizer, meu bisavô tinha um baú onde eram guardados seus livros e objetos, mas era um baú comum, como todo mundo tinha na época. Só que eu e a Anne, minha prima, adoramos ler histórias de mistério e de segredos, e escrevemos cartas uma à outra trocando ideias e informações sobre essas histórias como se elas estivessem acontecendo de verdade conosco. Por isso criamos a história sobre ter um segredo no baú do bisavô. É tão emocionante!

– Quer dizer que era tudo inventado? – disse a senhora Goldschmit. – Não pode ser! Você está mentindo!

– Pense o que quiser – replicou Marília. – A vida é sua. Mas você acha que se existisse algo de valor no baú, eu escreveria sobre isso em uma carta, sabendo que muitas vezes as cartas extraviam-se? Eu não cometeria um erro desses. Ou falaria pessoalmente, ou por telefone, no máximo num *e-mail* ou numa mensagem de texto... Aliás, por que escreveríamos cartas em vez de trocarmos mensagens no celular se não fosse parte da brincadeira?

A falsa dama baixou a cabeça, segurando-a entre as mãos. Vívian, Vera, Lorena, Rose e Lola olharam para Marília, com um olhar que misturava censura e interrogação. Sem que a senhora Goldschmit percebesse, Marília sorriu para elas, piscando um olho e levando o dedo aos lábios, pedindo silêncio. As amigas acalmaram-se um pouco, mas continuavam bastante surpresas.

Após alguns minutos de silêncio, a falsa Caterin Goldschmit indagou:

– E agora? O que vai ser feito de mim?

As garotas entreolharam-se. A perguntou pairou no ar. Por fim, Marília respondeu:

– Bem, considerando que o que a senhora pensava em obter não existe, não temos por que querer castigá-la. É verdade que você não agiu de forma correta, mas vamos lhe dar uma chance. Trate, pois, de aproveitá-la. A senhora poderá ir embora, mas se insistir nessa estúpida encenação, vai se ver conosco mais uma vez.

– Mas, Marília... – disse Lola, em um tímido protesto.

– Lola, compreenda: nós a acusaríamos de quê? De falsa identidade? Ela diria que era apenas uma brincadeira. De tentativa de roubo? Se o tesouro do baú nem mesmo existe...

– É, você tem razão.

– Quer dizer então que estou livre? – disse a dama.

– Sim, está. Nós, as Seis Estrelas, lhe concedemos esta liberdade. Mas vá embora e nunca mais volte a nos importunar.

A mulher concordou. As meninas tornaram a vendar seus olhos e levaram-na de volta até a encruzilhada do cemitério, tomando todos os cuidados necessários. Lá tiraram a venda, e Marília despediu-se, irônica:

– Adeus, minha dupla bisavó. Agradeço, em nome de todas, a diversão que nos proporcionou. Passe bem e seja uma dama boazinha de agora em diante.

De cabeça baixa, a mulher deu a volta no cemitério, pegou o carro lá escondido e saiu, sem dúvida matutando consigo mesma como pudera ser tão idiota a ponto de cair no conto do tesouro.

15

Explicações

As Seis Estrelas ficaram vendo a ex-fantasma afastar-se e sumir ao longe. Depois, Rose perguntou, sem conseguir conter-se por mais tempo:

— Marília, agora você vai nos explicar direitinho essa história de o baú ser só uma brincadeira. Por que você nos enganou?

Marília soltou uma risada. Rose, irritada, completou:

— Olha, não sei o que você acha de tão engraçado em nos fazer de bobas!

Segurando o riso, Marília disse:

— Tudo bem, eu explico. Calma. Vamos para a sede.

Chegando lá, Marília começou a falar, sob os olhares inquisidores das amigas:

— Sentem-se, senão eu não falo nada. E agora, garotas, sigam o meu raciocínio: uma mulher que ninguém conhece, cheia de artimanhas, aparece tentando se passar por fantasma e dizendo que está de posse do segredo de um tesouro da minha família. Vocês queriam que eu confirmasse?

As outras fitaram-na espantadas. Depois, compreendendo tudo, estouraram em gargalhadas.

– Marília... você é maluca! Mas que tem razão, tem – disse Vívian, entre risos.

– Você tem cada ideia – riu Lorena. – Eu nunca pensaria nisso: mentir dizendo que é mentira uma coisa que é verdade!

Os risos voltam, enquanto Marília justifica-se:

– Bem, concordo que me livrei da senhora Goldschmit de uma forma um tanto incomum...

– Bota incomum nisso!

– ...mas, como eu já disse uma vez, se queremos ser detetives, devemos perceber as coisas e ter um mínimo de sutileza. Lógico que eu não as estou aconselhando a mentir; ao contrário, acho que a verdade é a melhor arma, mas, nesse caso, a única saída foi enganar aquela mulher, senão ela não desistiria tão fácil.

– Tá certo. Só que andamos pregando outras pequenas mentiras por aí para podermos nos encontrar.

– É verdade, Vera. Aliás, estou querendo desmentir algumas delas agora. Vamos?

– Aonde, Marília?

– Falar com meus pais e contar-lhes toda a verdade. Quanto aos seus pais, acho melhor decifrarmos primeiro o segredo do baú do meu bisavô para depois contarmos a eles.

– Tudo bem. Mas me diga uma coisa, Marília: você não acharia mais seguro se nós denunciássemos a nossa fantasma para a polícia? – perguntou Rose.

Marília olhou para as amigas:

– Nós nem sabemos o nome verdadeiro dela, denunciaríamos quem? Mas, mesmo que soubéssemos o nome, acham que a polícia acreditaria em uma palavra do que nós disséssemos?

16

Desenrolando

— E eu preocupada porque ela não aparecia para o chá – disse dona Linda quando a filha começou a contar a história. – Quer dizer que vocês sequestraram a minha convidada, a amarraram e levaram até o porão para um interrogatório? Vocês enlouqueceram?

— Desculpa, mãe. A gente só queria saber o que ela estava tramando.

Dona Linda balançou a cabeça.

— Essa história toda está muito enrolada.

— É isso que estamos tentando fazer: desenrolar a história. Eu não devia ter mentido para vocês, mas não podíamos dizer nada sem ter plena certeza, para não acusar alguém injustamente.

— Certo, mas vamos recapitular – disse seu Jacó, que havia fechado a loja para vir acompanhar o relato da filha.

– Essa tal senhora Goldschmit não é nenhuma senhora Goldschmit, ela só queria fingir que era um fantasma para poder descobrir o segredo do seu bisavô, não é isso?

– É isso, sim, pai.

– Mas, filha, existe mesmo um segredo do baú? – tornou o pai de Marília, que nunca acreditara em histórias de tesouros.

– Existe, sim, isso é certeza – atalhou dona Linda, antes que Marília respondesse. – Só não se sabe o que é.

Seu Jacó abriu um sorriso:

– Se ninguém sabe o que é, o que essa farsante estava tentando descobrir?

Todos se entreolharam e começaram a rir. Na realidade, a falsa dama tinha perdido tempo, pois nem dona Linda, nem Marília sabiam como solucionar o segredo do baú. Nem ninguém, aliás – o bisavô havia levado o segredo para o túmulo. Além disso, o baú estava muito bem guardado na antiga casa da família, e de nada adiantaria a mulher decifrar o enigma sem ter o objeto.

Ainda estavam rindo e comendo os salgadinhos que haviam sido encomendados para o chá quando o celular da líder das Seis Estrelas emitiu um bipe. Depois outro, e mais outro. Marília pegou o aparelho e estranhou ao ver o nome de Anne, a prima de Campina Vermelha, na tela. Abriu o aplicativo de mensagens e sentiu um calafrio percorrer seu corpo.

Marília, urgente!
O baú desapareceu.
O baú do nosso bisavô foi ROUBADO!!!!!!

17

O sumiço do baú

— Tecnicamente, isso é furto, não roubo — disse seu Jacó. — Roubo é quando tem violência, e...

Marília revirou os olhos.

— Pai, não interessa o nome, interessa que o baú do bisavô desapareceu.

Depois das risadas de minutos antes, agora um silêncio pesado estabelecera-se na sala. Todos pensavam a mesma coisa: não podia ser coincidência o sumiço do baú bem quando a suposta senhora Goldschmit aparecia por ali para sondar sobre ele.

— Só que não pode ter sido ela, nós a liberamos há apenas meia hora, nem deu tempo de ela chegar em Campina Vermelha — lembrou Rose.

Marília não respondeu, estava ocupada em mandar uma mensagem para a prima. Começou a digitar, depois pensou melhor e resolveu telefonar, colocando a chamada em viva-voz. Anne atendeu sem nem perder tempo com saudações:

— Marília, você precisa vir para cá, o baú...
— Calma, Anne, fale devagar e explique o que aconteceu. Só para você saber, estou no viva-voz com meus pais e um grupo de amigas.

A prima silenciou por um instante, depois retornou, cautelosa:

— Você leu as minhas mensagens?
— Li. E você pode falar livremente, as meninas estão por dentro do assunto, e eu também tenho novidades. Mas fale primeiro, quando o baú foi roubado? Hoje?

Anne não tinha certeza. Ela acabara de notar o roubo – ou furto, como seu Jacó fez questão de corrigir novamente –, porém ele poderia ter acontecido na véspera, ou até mesmo há mais tempo. Isso porque o baú ficava no que elas chamavam de "casa velha", a antiga residência do bisavô, hoje desabitada, situada a uns cem metros da casa de Anne. Ela não ia até lá fazia alguns dias, talvez uma semana, mas naquela tarde resolvera dar um pulinho no local e, ao chegar no sótão, local dos guardados antigos, notara a falta do baú.

— Levaram mais alguma coisa?
— Não que eu tenha percebido. Só o baú. Quem o levou sabia exatamente o que queria. Eu só não sei quem faria isso.

Marília não precisava pensar muito para ter ideia da responsável.

– Foi a senhora Goldschmit.
– Senhora Goldschmit? Que senhora Goldschmit?

Com a ajuda das outras Seis Estrelas, Marília resumiu para a prima as aventuras dos últimos dias: a misteriosa dama que aparecera em sua festa, o disfarce de fantasma, a formação do Clube de Investigação Cinco – posteriormente Seis – Estrelas, os desaparecimentos da senhora Goldschmit em frente ao cemitério, a foto em que ela não aparecia, a menção ao baú nas conversas com a mãe e, por fim, sua captura, interrogatório e liberação mais cedo naquele dia.

– O QUÊ? – berrou Anne do outro lado da linha. – Vocês a deixaram ir embora?

18

Na Campina Vermelha

— Que bom que você veio! — disse Anne, correndo para abraçar a prima tão logo ela saiu do velho Fusca vermelho de seu Jacó.

Lola e Vívian desceram em seguida, e de um segundo carro que parou logo atrás saíram Lorena, Rose e Vera – as Seis Estrelas tinham ido em peso até Campina Vermelha para verificar *in loco* o sumiço do baú.

Na véspera, depois que Anne acalmou-se, as primas combinaram que Marília iria até lá para passar o final de semana. Ela propôs levar as amigas e pediu ajuda aos pais: que eles convencessem os pais das amigas para que elas pudessem ir junto nessa viagem. Como as meninas estavam de férias, foi fácil conseguir a permissão – por garantia, o pedido ocorreu sem que fosse feita qualquer menção a segredos, damas, baús ou roubos. Oficialmente, aquela seria apenas uma viagem de amigas. O problema maior era mesmo a logística, pois não tinha como acomodar as seis meninas no Fusca e elas eram muito novas para pegarem um ônibus sozinhas. Por fim, a chegada da irmã mais velha de Marília resolveu a questão: ela levaria metade da turma no seu carro, e seu Jacó, a outra metade. Na semana seguinte, iriam buscá-las.

Agora, estavam todas ali, e era difícil dizer quem estava mais empolgada, se as visitantes ou a anfitriã. Sem perder tempo, as meninas reuniram-se na sombra de um grande cinamomo para trocar ideias sobre o mistério. As sete repassaram tudo novamente, desde a aparição da desconhecida na festa de aniversário até o desaparecimento do baú do bisavô.

– Tem uma coisa que eu não entendo – disse Lorena. – Se ela já tinha roubado o baú, por que ela iria novamente tomar chá com sua mãe, Marília?

– Porque ela não sabe qual é o segredo. Como eu contei para vocês, nós já reviramos o baú dezenas de vezes e não encontramos nada. Deve ter um compartimento secreto em algum lugar, mas não sabemos qual é esse lugar e como abri-lo. Acho que a senhora Goldschmit imaginou que nós sabíamos como abrir e chegar ao tesouro do bisavô.

Fazia sentido. A questão era que agora elas sequer tinham o baú para inspecionar, portanto, não tinham ideia de como prosseguir nas investigações.

Ainda estavam discutindo possibilidades, sem chegar a lugar algum, quando o tio e a tia voltaram do trabalho e abraçaram a sobrinha. Marília repetiu as apresentações e, ante o olhar indagador deles, contou de novo toda a história da dama para explicar a presença das amigas.

– E elas me nomearam membro honorário das Seis Estrelas – acrescentou Anne, toda feliz, assim que o relato terminou.

– Vocês têm coragem, e muita inteligência também – elogiou a tia. – Mas e quem era essa mulher? Ela disse que é daqui de Campina Vermelha?

– Ela falou sobre ter visto minha carta no correio daqui, e que a Anne a teria reconhecido se tivesse ido na festa, então acho que é, sim. Eu devia ter tirado uma foto dela com meu celular, mas nem pensei nisso...

As meninas tentaram descrever a dama misteriosa da melhor maneira que podiam, mas ela não tinha nenhuma característica especial além das roupas. No fim, o que conseguiram dizer podia aplicar-se à quase totalidade das moradoras da vila...

O tio suspirou.

– Sem saber o nome dela, não vejo como podemos ir adiante. Nós demos parte do roubo do baú, claro, mas o delegado fez pouco caso, um baú velho que sequer estava sendo usado. Duvido que investiguem.

As meninas balançaram a cabeça, desoladas, e a tia acrescentou:

– O que é uma pena, pois hoje mais cedo, quando fui lá na casa velha conferir outra vez se o baú não estava mesmo em nenhum canto, encontrei uma coisa...

19

O achado da tia

Tia Verônica havia conseguido prender a atenção de todos. Ela foi até seu quarto e voltou com um embrulho não muito grande. As meninas espicharam os pescoços para tentar ver o que era. A tia fez suspense:

— Como eu disse, queria ter certeza de que o baú não estava em algum lugar no qual não tivéssemos olhado. Assim, acabei tirando algumas caixas poeirentas do lugar e vi que elas estavam cheias de fotos e papéis. Numa delas, bem embaixo, dei com isto – disse a tia, abrindo o embrulho à vista de todos.

— Um caderno? – disse Lorena, sem entender.

Parecia mesmo um livro ou um caderno velho, amarelado pelo tempo e carcomido nas bordas, a capa quase desfazendo-se.

— Um… diário? – arriscou Marília.

— Sim, um diário. Eu o abri e folheei, só por folhear mesmo, e de repente bati os olhos num trecho que falava em segredo do baú. Fiquei toda empolgada, comecei a ler desde o começo e, quando eu vi, havia se passado mais de uma hora e eu estava atrasada para o trabalho...

— De quem é o diário? — disse Vívian, embora todas já desconfiassem da resposta.

— Do dono do baú, o meu avô, Wilhelm K. Goldschmit, bisavô de vocês, Marília e Anne.

As meninas alvoroçaram-se, depois ficaram quietas por uns momentos, olhando umas para as outras e de volta para o diário que tia Verônica ainda segurava. Será que bem agora, quando o baú fora roubado, elas descobririam o seu segredo?

— E no diário explica direitinho essa história do segredo do baú? — perguntou Lola, não aguentando mais aquela expectativa.

— Bem... mais ou menos. Eu não li todo ele, e o que li é um pouco confuso, linguagem muito diferente da de hoje, afirmações um tanto vagas, às vezes dá a impressão de que ele temia que alguém lesse o diário e descobrisse acerca do segredo. Mas dá para ter certeza de que existe mesmo um segredo naquele baú, e que há — ou havia, pelo menos — algo de valioso nele.

O silêncio baixou novamente no grupo. Por fim, Marília disse:

— Gostaria de dar uma olhada nesse diário. Tem de haver algo aí que nos ajude a decifrar o mistério, e quem sabe se descobrirmos o segredo que o bisavô procurava tanto esconder, poderemos convencer a polícia de que é importante ir atrás da ladra do baú.

— Você vai querer ler tudo isso aí? — perguntou Rose, apontando para o caderno, e acrescentou: — É bastante coisa.

— Bom — sorriu Marília —, quando algo me interessa, começo a ler e não paro antes de acabar. E esse diário me parece muito interessante.

— Como eu já disse — interveio a tia —, tudo está escrito de maneira muito vaga.

— Melhor assim. Se tudo estivesse claro, que graça teria?

Os tios entreolharam-se; depois, todos caíram na risada.

— Só você mesmo...

— E nós vamos ter de ler tudo também? — questionou Rose, alarmada.

— E por que não? Não vai me dizer que está com preguiça — disse Marília, maliciosa. — Mas não se preocupem; eu leio e, depois, relato tudo a vocês, de forma resumida, para discutirmos e vermos se encontramos algo útil.

Rose soltou um suspiro de alívio; assim era bem melhor. Vívian, não satisfeita, perguntou:

— Vamos ver se eu entendi, Marília: você vai ler o diário, para depois convencermos a polícia a ir atrás da senhora Goldschmit, não é?

— Isso mesmo, se vocês concordarem, é claro.

— Sim, mas o que nós faremos enquanto você lê?

– Eu não tinha pensado nisso. Deixe-me ver... Já sei! Anne, você pode levar as outras Seis Estrelas para ver a casa velha?

A prima concordou, mas tia Verônica fez um adendo:
– Antes disso, é melhor comerem um lanche e descansarem um pouco da viagem. Mais tarde, ficam livres para investigar, certo?

Todas concordaram em uníssono; afinal, de barriga cheia sempre se pensa melhor.

20

O diário de Wilhelm K. Goldschmit

Há quase dez minutos Marília estava sentada no quarto da prima, com o diário que havia sido de seu bisavô à sua frente, reunindo coragem para abri-lo e lê-lo.

"Enfim, sós", pensou, com um sorriso. Os tios estavam cuidando de seus afazeres, Anne e as amigas tinham ido até a casa velha para verem onde o baú costumava ficar, e o priminho, de quem não se conseguia esconder nada – por mais que se tentasse –, insistira em ir junto com as garotas.

A líder das Seis Estrelas abriu o grosso volume e mergulhou na leitura. Na primeira página, com letra desenhada, quase apagada pelo tempo, lia-se:

Diário de Wilhelm K. Goldschmit
– Registro da minha vida nos anos de 1915 e 1916 –

As vinte páginas seguintes foram devoradas de um só fôlego. Depois, Marília fez uma pausa, pegou um pequeno caderno e uma caneta que estavam ao seu lado, olhou para o diário, mordiscou a ponta da caneta e começou a tomar notas, voltando as páginas lidas. Depois, seguiu a leitura, mas sem parar as anotações, com uma rapidez surpreendente.

Enquanto a líder do grupo lia, as outras detetives percorriam, a uns cem metros dali, todas as dependências da residência abandonada que as duas primas chamavam de casa velha. Curiosas, elas examinavam cada peça, cada móvel, cada quadro ainda conservado à parede, com evidente admiração. As fotos dos antigos donos, na sala, pareciam vigiar seus movimentos — pelo menos essa era a sensação que, dominadas pela emoção daquela excursão ao passado, cada uma das Seis Estrelas ali presente experimentava, conforme relataram depois.

— Agora — disse Anne, fazendo suspense —, vamos visitar a parte mais interessante da casa: o sótão!

— Era onde estava o baú, não? — lembrou Vívian.

— Exato. Mas vocês não vão querer apreciar primeiro as outras antiguidades que tem por aqui? — disse Anne, de gozação.

— Não! — responderam as outras em coro, e todos, inclusive o pequeno João Wilhelm (que herdara o seu segundo nome da tradição da família), caíram na risada.

— Vamos logo, mana — disse Joãozinho, impaciente. — Eu estou louco para fuxicar nas coisas lá em cima.

Rindo outra vez, começaram a subir pela velha escada de madeira.

– Cinco horas em ponto – disse Marília, olhando no relógio. – Logo as meninas devem estar chegando. Nesse ritmo, acho que até as sete horas eu acabo de ler este diário... Daí já poderemos fazer uma reunião para discuti-lo. Bom, voltando à leitura...

– Declaro aberta mais uma reunião das Seis Estrelas – disse Marília. – Para começar, gostaria que a secretária Lola relatasse as conclusões a que vocês chegaram após a visita à casa velha, hoje à tarde.

– Bom, Marília – respondeu Lola –, vou direto ao assunto que nos interessa. Verificamos que a porta dos fundos da casa não fecha direito, então deve ter sido por ali que a senhora Goldschmit entrou, se tiver sido mesmo ela quem roubou o baú.

Vera não se conteve:

– E quem mais teria sido?

Lola ignorou o aparte.

– Fora isso, não descobrimos nada mais na casa. Mas na estradinha de terra que fica na parte de trás, próximo à porta, havia marcas recentes de carro, bem semelhantes àquelas que vimos na plantação atrás do cemitério.

– Como se tivessem sido feitas pelo mesmo carro – acrescentou Rose, para o caso de Marília não ter entendido.

O interesse de Vívian era outro:

– E o que você descobriu no diário? Tem alguma pista?

– Como a tia Verônica já havia dito, tudo é descrito de forma muito vaga. Talvez ele tenha sido sensato em escrever assim, mas complica tudo para nós. Vamos ver algumas coisas que eu anotei – disse Marília, pegando seu bloquinho de anotações.

Em silêncio, as garotas esperaram que a líder continuasse.

– Escutem só esse trechinho que retirei dos apontamentos do dia quatro de janeiro de 1915: "Estive me informando sobre o assunto, e acho que logo conseguirei um modo de não deixar vestígios do meu cofre secreto... É uma ideia que me surgiu e em breve poderei realizá-la..." Mais adiante, 27 de março, ele escreveu: "Estou no caminho certo. Falei com o marceneiro Borowski e ele me disse que nunca ouviu falar de algo assim; no entanto, interessou-se pelo meu projeto do baú. Vai demorar algum tempo, talvez meio ano ainda, mas valerá a pena; ninguém conseguirá descobrir facilmente o segredo..."

– Quanto a ser difícil descobrir o segredo, ele tinha razão – comentou Vera.

– Prossiga, Marília – pediu Vívian.

– Depois ele volta a escrever várias vezes sobre o seu cofre secreto, que seria o baú, sobre o segredo do baú etc. A partir de junho, fala nisso com frequência, às vezes até diariamente. Não dá para ler tudo, se tornaria muito extenso.

– Sem falar que ele não revela quase nada sobre o segredo em si – disse a tia, que espiava a reunião da porta do quarto.

– Exato. Farei um resumo dos principais pontos, depois refletiremos sobre eles e veremos se conseguimos perceber uma pista neles. É o seguinte: meu bisavô pesquisou durante meses uma forma de montar o tal cofre-baú de maneira a tornar indecifrável o seu segredo. Pesquisou em livros sobre um determinado assunto que poderia ajudá-lo – cauteloso, ele não disse que assunto era esse – e conversou outras vezes com o marceneiro Borowski, que concordou em auxiliá-lo. Eles planejavam algo de difícil execução, a que passaram a chamar de *baú indecifrável*. Em agosto, o bisavô registrou que o tal marceneiro caiu fora, dizendo que não valia a pena dedicar tanto tempo ao "projeto". Mas o bisavô continuou, sozinho. Levou mais três meses para concluir o baú, que em 10 de novembro daquele mesmo ano (1915) estava prontinho, "parecendo um baú normal, mas guardando um tesouro", como ele escreveu naquele dia.

– Puxa, que legal! – comentou Lola. – E o que mais ele nos disse sobre o assunto? Ou, depois de concluir o baú, ele não falou mais dele no diário?

– Falou, falou, sim. Nos primeiros dias após a conclusão do baú, comentou várias vezes, entusiasmado, o sucesso do seu projeto. Depois, em 1916, é raro voltar ao assunto.

– O que nos leva a concluir – arrematou Anne – que o segredo existe, sim, como já ressaltamos. Porém, ele não disse que segredo é esse, não nos indicou um caminho para descobri-lo. Em outras palavras, voltamos à estaca zero, até porque, antes de descobrir o segredo, temos de recuperar o próprio baú.

Um silêncio baixou sobre a turminha. As sete garotas – as Seis Estrelas "oficiais" e a estrela honorária – refletiram durante alguns minutos, tentando chegar a uma solução para o impasse. Por fim, como se pesasse cada palavra, Marília falou:

– No relato dos dias em que o projeto do baú foi finalizado, eu notei algo estranho, algo que destoa do resto do diário, mas não consigo perceber *o que* está destoando... *o que* está me dando essa impressão.

– Talvez esteja ali a pista que queremos – disse Vívian.

– Pense um pouco mais, para ver se lembra o que era – sugeriu Lorena.

Novo silêncio.

– Nada – disse Marília depois de muito pensar. – Acho melhor deixarmos isso por hoje. Amanhã acordo cedo e releio essa parte do diário com atenção redobrada. Por ora, o que a gente pode fazer para se divertir um pouco por aqui, Anne?

A prima não precisou pensar muito:

– Que tal tomarmos um sorvete no centrinho? – disse, arrancando aplausos do grupo.

21

Surpresa na sorveteria

Já estava quase escurecendo, mas o centrinho era perto e por isso elas foram a pé até lá, prometendo estar de volta em uma hora, para o jantar. Quando entraram na sorveteria – Anne à frente, tagarelando que as outras deviam experimentar o sorvete de amora, especialidade da casa –, as Seis Estrelas estacaram. Marília piscou, sem acreditar. Depois, olhou para as amigas e viu o mesmo espanto no rosto delas. Sem dizer nada, deu meia-volta e saiu, seguida pelas demais Estrelas.

Segundos depois, Anne também saiu, procurando por elas.

– O que aconteceu? – perguntou, com cara de quem não estava entendendo nada. – Desistiram do sorvete?

– Tem uma velha conhecida nossa ali dentro – respondeu Marília.

Anne olhou pela vidraça. O lugar estava lotado, principalmente de adolescentes – cenário normal num dia de calor. Vendo que a prima ainda não percebera, Marília apontou para uma mulher vestindo um avental branco sobre calça *jeans* e camiseta, parada atrás do balcão e concentrada em atender aos pedidos:

– Eu lhe apresento a senhora Goldschmit.

A boca de Anne se abriu.

– Quem? Aquela ali? Não pode ser, é a Gabriela, dona da sorveteria, mãe de um colega meu...

As Seis Estrelas, no entanto, não tinham dúvidas. As roupas eram atuais e o penteado estava diferente, mas a mulher era mesmo a falsa fantasma que aparecera na festa de aniversário de Marília e tentara enganá-las. Provavelmente, a responsável pelo furto do baú. Discutiram alguns minutos se deviam entrar e confrontá-la, chamar os tios ou chamar a polícia. Por fim, decidiram entrar e pedir seus sorvetes, para ver o que ela faria.

Dessa vez, Marília foi na frente e, quando chegou ao balcão, pediu alegremente um sorvete de chocolate. A proprietária ergueu os olhos e, ao ver quem estava na sua frente, ficou com o rosto vermelho. Depois, pareceu apavorada.

– O que vocês querem?

– Um sorvete de chocolate – repetiu Marília, apreciando o momento. – Quer dizer, um sorvete e o baú do meu bisavô. E vocês, meninas, o que vão querer?

Menos de cinco minutos depois, uma nervosa ex-fantasma sentava-se à mesa em que as sete meninas degustavam seus sorvetes. Limpando as mãos no avental e baixando o tom de voz, quis saber:

– Como me acharam? Aliás, vocês tinham dito que eu estava livre.

A líder das Seis Estrelas sorriu:

– Temos nossas fontes. Não se preocupe, não vamos entregar seu golpe para os seus fregueses, nem para a polícia, desde que nos devolva o que roubou e conte o porquê daquela sua encenação.

– Eu já disse, li a sua carta, e não roubei nada, eu...

Marília interrompeu a mulher:

– Nenhum adulto se daria ao trabalho de fantasiar-se de fantasma só por causa de um papo de duas crianças. Naquele dia, aceitei sua história, mas sei que tem mais aí do que a senhora contou. Além disso, sabemos que foi a senhora quem pegou o baú. Ia ser muita coincidência ter duas pessoas atrás dele ao mesmo tempo. Portanto, desembucha.

Vendo que não tinha alternativa, a ex-dama suspirou de maneira teatral e baixou ainda mais a voz.

– Está bem. Não foi só a sua carta. Quando eu tinha a idade de vocês, meu avô falava de um conhecido dos seus tempos de juventude que queria fazer um baú diferente de todos os outros, para esconder um tesouro de modo que ninguém encontrasse. Parece que o cara se julgava bruxo, alquimista, algo assim. Ele nunca disse o nome desse conhecido, ou nunca prestei atenção, pois achava que era só mais um *causo*. Mas, quando vi sua carta, pensei que podia ter uma verdade por trás daquela história, e que essa poderia ser a chance de eu sair dessa vila longe de tudo e ganhar o mundo...

Mesmo estranhando como outras pessoas podiam saber do baú, se o bisavô parecia ser tão cuidadoso (e que história era aquela de bruxo?), Marília não pôde evitar um olhar de pena para a dona da sorveteria.

– Está bem, acredito em você. Mas olhe ao redor, você tem um bom negócio, isso aqui está cheio. Foi burrice arriscar sua liberdade e tudo o que você tem por um tesouro fictício.

Envergonhada, a ex-fantasma suspirou outra vez.

– Você tem razão, mas já pensou que uma sorveteria só dá lucro no verão? No restante do ano, isso aqui fica vazio. E cresci ouvindo meu avô falar sobre o tal tesouro, então, quando vi sua carta, pensei que podia ser a solução dos meus problemas. Quando você me disse que não havia tesouro nenhum, eu já havia pego o baú, não tinha como voltar lá e me arriscar de novo só para devolvê-lo.

Anne se meteu na conversa.

– Só que você vai devolvê-lo, sim, ou ligamos para a polícia agora mesmo.

Gabriela ainda tentou argumentar:

– Se não há tesouro nenhum, por que se importam tanto?

Marília perdeu a paciência.

– Porque é uma lembrança da nossa família. Mas já que você não entende, vamos fazer de outro jeito...

A líder das Seis Estrelas levantou-se e bateu palmas, erguendo a voz para chamar a atenção de todos que estavam na sorveteria:

– Atenção, pessoal, temos um anúncio importante...

A falsa senhora Goldschmit levantou-se também, apavorada.

– O anúncio é que a próxima rodada de sorvete vai ser com cinquenta por cento de desconto – disse a mulher, antes que Marília conseguisse falar mais alguma coisa.

Enquanto vivas espocavam nos diversos grupinhos, a mulher sentou-se novamente, derrotada, e falou em voz baixa:

– Está bem. Eu vou devolver o baú.

22

O baú

Vinte minutos depois, a caminhonete do pai de Anne parou em frente à sorveteria. As meninas, cada uma com um sorvete na mão, estavam sentadas em banquinhos na calçada, à espera.

– Bem, aqui estou – disse ele. – Podem explicar agora qual é a emergência da qual falaram ao telefone?

Marília tomou a frente:

– A emergência, tio, é que nós não conseguimos carregar isso sozinhas até em casa...

Saindo para o lado, revelou atrás delas um pesado baú de madeira maciça, escurecido pelo tempo, mas ainda imponente, com o nome *Wilhelm K. Goldschmit* gravado na tampa.

O tio deixou escapar uma exclamação e quis saber como elas haviam recuperado o objeto. Anne disse que explicariam melhor em casa e dissuadiu-o, ao menos por enquanto, de chamar a polícia – era a combinação que tinham feito com a dona da sorveteria, lembrando-a de que era a última vez que lhe davam crédito: se aprontasse mais alguma coisa, teria de se ver com a lei.

Já iam saindo, o tio levando o baú na caçamba da caminhonete e as meninas a pé, quando Vívian correu de volta até onde Gabriela servia sorvetes para perguntar:

– Só por curiosidade, como era o nome do seu avô?

– Victorio. Victorio Jorge Borowski.

Naquela noite, as Seis Estrelas engoliram o jantar às pressas, pois não viam a hora de examinar o baú. Anne e Marília, que já haviam feito isso dezenas de vezes, deixaram as outras entregues à tarefa e aproveitaram para reler as partes principais do diário do bisavô, aquelas que se referiam às semanas em que o baú fora efetivamente construído. Por volta das dez horas, voltaram a reunir-se com as amigas, que ainda andavam ao redor do antigo baú, batiam nele com os nós dos dedos, quase encostavam o rosto na madeira para ver bem de perto.

– E aí, já descobriram o segredo?

– Bom, Marília – respondeu Lola –, nós o examinamos *de cabo a rabo*. Olhamos todas as fotos, lemos todas as cartas e documentos, inspecionamos todos os objetos que estão lá dentro. Aliás, vocês têm certeza de que a tal Gabriela--Senhora Goldschmit devolveu com tudo que havia aí? Porque nós esvaziamos o baú, procuramos fechaduras, esconderijos secretos, batemos na madeira para ver se era oca e vimos que não é, não conseguimos encontrar nada. É tudo muito interessante, mas... nada do segredo. Nenhuma pista, nada.

Lorena ergueu a mão para falar, como se estivesse no colégio:

— Desculpe insistir nesse ponto, mas será que não era uma brincadeira do seu bisavô esse negócio de segredo do baú?

— Com certeza não. Por mais senso de humor que o bisavô Wilhelm tivesse, ele não teria por que inventar uma mentira dessas. Aliás, a leitura do diário me deu ainda mais certeza de que essa história não é lenda. Esse segredo é real, e nós vamos desvendá-lo. Já conseguimos recuperar o baú, agora não podemos desistir.

Ficaram encarando o baú por mais algum tempo, como se ele fosse falar e contar o que queriam. O silêncio foi tamanho que deram um pulo quando ouviram uma voz, mas era só a tia avisando que era hora de dormir.

23
Um almoço para comemorar

— Achei! Eu achei! — gritou Marília, correndo acordar as amigas e a prima, que ainda estavam nas camas.

— Achou o que, Marília? São sete horas da manhã — resmungou Rose, sonolenta.

— Você descobriu o segredo? — alvorotou-se Vívian, ao bater com os olhos no velho diário que a líder das Seis Estrelas segurava.

— Descobriu o segredo do baú? — ecoaram as outras Seis Estrelas, saltando de suas camas.

— Calma, pessoal. Não foi bem isso, mas quase. Eu descobri o que não combinava.

— E o que era? — perguntaram seis vozes curiosas.

— Vamos começar pelo começo. Ontem à noite, depois de voltar da sorveteria, eu não conseguia tirar da cabeça a história que o avô da fantasma, quer dizer, da tal Gabriela, o marceneiro Borowski, contou para ela sobre o baú.

— Mas nós já sabíamos que o seu bisavô queria construir um baú — interrompeu Lorena.

— Sim, mas não aquela parte de bruxo ou alquimista. Não fazia sentido, e eu não conseguia parar de pensar no assunto. Quando nos deitamos, o sono não vinha, e quando finalmente adormeci...

— Apareceu o fantasma do seu bisavô e contou o segredo? — brincou Lola.

— Já não chega de fantasmas, não? — replicou Vera, com um olhar de censura.

— Foi isso ou não foi? — teimou Lola, ignorando o aparte.

— Não. Eu sonhei, sim, mas... com comida!

— Com comida?

— É! Com comida.

— Mas o que isso tem a ver com o baú? — perguntou Lorena.

— Você não tem nenhuma ideia, prima? — disse Marília, olhando para Anne.

— É isso! — disse Anne, entendendo de repente. — Também achei que isso não se encaixava no diário! Aquelas receitas esquisitas...

— Receitas? Que receitas? — perguntou Vívian.

— Vou explicar — respondeu Marília. — Quando li o diário, vi que nos dias em que meu bisavô finalizou o projeto do baú, ele transcreveu várias receitas culinárias, algumas com um «não deu certo» ou um «muito mole» embaixo.

Não dei importância, como vocês podem ver pelo resumo que fiz ontem antes de irmos até a sorveteria. Mas o meu subconsciente, vigilante, registrou o fato, me deixando com aquela sensação de *tem-algo-errado-aí-que-eu-sei*.

– Agora que não entendo mais nada – reclamou Lorena. – O que é que tem de mais no seu bisavô gostar de cozinhar?

– Aí é que está – disse Marília, triunfante. – Ele não gostava. Você se lembra, Anne, dos *causos* que o vovô contava quando éramos pequenas? Lembra que ele falava muito no pai dele, e que uma das coisas que ele contou sobre o nosso bisavô era que ele dizia que...

– ... "homem só deve entrar na cozinha para comer, nunca para mexer nas panelas"! – completaram juntas as duas primas, como se recitassem.

– Não vão me dizer que ele estava mesmo querendo bancar o alquimista e "fabricar" ouro – estranhou Lola.

– Não, eu não acredito nisso. Acho que as receitas são uma espécie de código – concluiu Marília. – É nelas que está escondido aquilo que queremos descobrir. Quando acordei, corri reler aquela parte e aí tive certeza. Pelo diário, o final do planejamento do baú coincide com um almoço, de um único prato, muito semelhante aos que "não deram certo", explicado em detalhes. Seria coincidência, acaso demais para não ter algo a ver.

– Mas são receitas de quê? De que prato? Tem alguma sobremesa? – brincou Lola.

– Tem, sim. Eu não conheço aqueles pratos, os nomes estão em alemão; mas dei uma olhada nos ingredientes, parte que eu havia pulado na primeira leitura do diário, e de uma coisa tenho certeza: *aquilo não pode ser comida!*

– Como assim? Por quê? – perguntou Vívian.

– Porque se alguém preparasse *aquilo* e comesse, morrer não morria, mas teria uma dor de barriga...

Apesar da tensão, as garotas não conseguiram segurar o riso.

– Aqui estão as receitas, eu...

Marília não conseguiu nem acabar a frase, pois as outras pularam em cima dela, cada uma querendo ver primeiro as tais receitas. A líder das Seis Estrelas não hesitou: fechou o caderno e deu o seu segundo berro do dia:

– Seis Estrelas! Controlem-se!

O espanto foi tanto nos rostos de Lola, Lorena, Vívian, Vera, Rose e Anne que todas recuaram e paralisaram. Marília começou o sermão:

– Onde já se viu? Parecem crianças! O diário não vai sumir, não. E nós somos detetives, lembrem-se, e temos de agir como tal, com ordem, sem precipitações! Agora acalmem-se e sentem-se, eu vou ler as receitas em voz alta para discutirmos, depois todas poderão ver o diário, *ordenadamente*.

Obrigadas a admitir que a líder tinha razão, todas sentaram-se, caladas e atentas, na expectativa. Marília começou a leitura.

– E se nós fizéssemos essas receitas? – perguntou Vívian.

Como resposta, a caçula das Seis Estrelas ouviu uma salva de palmas.

– Quando começamos? – quis saber Lola.

– Primeiro, secretária Lola, você poderia copiar essas receitas; deixaremos a sobremesa para depois, faremos primeiro a receita do prato principal. Procuramos os ingredientes e seguimos o modo de fazer direitinho, para ver no que dá. Também temos de botar nossas cabeças para funcionar para descobrir o que esse prato tem a ver com o nosso segredo. Seis Estrelas, é hora de agirmos!

24

Alquimia?

— O QUE VOCÊS PRETENDEM FAZER COM ISSO? — perguntou a tia de Marília, espantada com as folhas e raízes que, depois de passarem quase o dia inteiro procurando numa mata perto da casa, as garotas haviam trazido.

— Sopa — respondeu Marília, piscando um olho para as outras.

— Vocês estão loucas ou o quê? — tornou tia Verônica, cada vez entendendo menos.

Rindo, Anne resolveu explicar à mãe:

— Não temos certeza se é sopa ou o quê, mamãe. Nós encontramos umas receitas muito esquisitas no diário de nosso bisavô, e chegamos à conclusão de que elas devem ter algo a ver com o baú. A senhora lembra que o bisavô não era de cozinhar...

– Vocês podem ter razão. Mas não me digam que vão cozinhar *isso*...

– Vamos! Naquele caldeirão lá do galpão, já arrumamos tudo na clareira do matinho. Parece bruxaria, não?

– Ah, bruxaria não – corrigiu Marília. – É alquimia... afinal, você não pode se esquecer de que pretendemos tirar ouro daí.

– Agora tenho certeza, vocês enlouqueceram de vez – disse a tia, revirando os olhos. – Mas vou junto, quero ver no que isso vai dar.

– Quanto tempo mesmo isso precisa ficar cozinhando, secretária Lola? – perguntou Marília.

– Uma hora e meia, "nem mais, nem menos", segundo o diário – respondeu Lola, consultando suas anotações.

– E é preciso ficar mexendo todo o tempo? – quis saber Rose. – Estou me sentindo uma bruxa assim, mexendo um caldeirão fervente com uma colher de pau, perto de uma mata.

– Uma alquimista – corrigiram todas ao mesmo tempo, às gargalhadas, enquanto a "cozinheira" fechava a cara.

– Pode deixar que eu mexo agora – ofereceu-se Vera, para suavizar o ânimo da irmã, ao ouvir a resposta positiva de Lola, que voltara a consultar a receita.

As garotas revezaram-se no serviço até que, na vez de Lorena, esta reclamou:

– Puxa, amigas! Não é para me queixar não, mas... Isso aqui está horrível de mexer! Está grosso, pesado... será que não está na hora de desligar?

– Apagar o fogo, você quer dizer – sorriu Vívian, divertida.

– Que seja – respondeu Lorena, lançando um olhar furioso para a mais jovem das Seis Estrelas.

Marília consultou o relógio.

– Faltam quase quinze minutos ainda, vai ver é assim mesmo. Deixa que eu mexo agora, vocês vão aprontando os baldes com água para jogar na fogueira assim que o prazo acabar. Só não vão respingar na nossa *sopa-que--está-engrossando*. Tia, a senhora pode dizer "já" daqui a exatamente... doze minutos?

Enquanto a líder mexia sem parar o conteúdo do caldeirão – que, constatou, estava se tornando mais denso –, as demais Seis Estrelas deram uma última verificada no tacho que serviria como forma ("despejar numa forma para esfriar", dizia o diário) e posicionaram-se ao redor do fogo, cada qual com um balde d'água nas mãos.

– Atenção para a contagem regressiva – anunciou a cronometrista. – Trinta segundos... vinte e cinco... vinte... quinze... dez... cinco, quatro, três, dois, um, já!

Marília saltou para trás, tentando – sem sucesso – proteger as pernas da água que "choveu" de todos os lados.

– Mais duas horas até que esfrie, pela receita! Essa coisa não poderia ser comida mesmo! – falou Lola, impaciente.

– Ainda mais duro do jeito que parece estar ficando – completou Vívian, dando uma espiada. – Precisaria de dentes muito bons para comer.

– Já que vamos ter de esperar mesmo, que tal irmos tomar uma limonada com bolinhos?

— Ótimo, tia Verônica, mas eu prefiro ficar aqui cuidando do nosso "ouro" – respondeu Marília. – Vocês podem ir, e se der para me trazerem alguma coisa...

— Mas, Marília – começou Rose a protestar.

— Sem mas, pessoal. Eu quero mesmo ficar sozinha para pensar um pouco, e aproveito para não deixar nenhum cachorro, gato ou galinha mexer aí. Só me tragam um copo de limonada e uns bolinhos.

Boquiaberta, Marília observava o conteúdo do tacho, que lentamente adquiria mais e mais cor e consistência.

— Não pode ser! Eu estou vendo coisas que não existem – murmurou, passadas as duas horas de resfriamento. – Se eu não tivesse ficado aqui olhando e alguém me contasse, não acreditaria.

A garota tocou a superfície lisa, bateu nela com o nó dos dedos...

— Pessoal! Corram até aqui! – gritou Marília o mais alto que pôde, sorrindo ao pensar que tirara o dia para surpresas e gritos.

— Que houve? Virou ouro? – quis saber Vera, que chegou correndo na frente das amigas e parou a alguns metros do caldeirão.

As outras chegaram logo também e ficaram olhando para a líder do grupo, na expectativa.

— Não virou ouro, mas virou outra coisa – respondeu Marília, saindo da frente para que as amigas vissem.

— Não posso acreditar! Eu estou vendo o que penso que estou vendo? – perguntou a tia.

– Eu acho... acho que está, sim, mamãe – disse Anne, arregalando os olhos.

Lola pôs em palavras o que ninguém estava conseguindo dizer:

– Isso é madeira, mesmo?

25

O fim do segredo

— Se não é, é uma imitação perfeita! E eu não saí daqui nem um minuto que fosse.,
 — Vocês viram a cor dessa madeira? – indagou Vívian.
 Todas olham para a "forma" novamente.
 — A cor do baú! – exclamaram em coro.
 Após alguns segundos, que parecem durar minutos ou mesmo horas de tão longos, Marília conseguiu reorganizar os seus pensamentos.
 — Então era isso! Claro! O baú é feito *dessa* madeira, e não de madeira natural.
 — Mas... então o segredo era esse, e não joias ou ouro? – disse Rose, meio decepcionada.
 — Em tempos de preocupação com o meio ambiente, essa madeira sintética pode valer uma nota – observou Vera.

– Pode ser, mas não havia essa preocupação ecológica mais de um século atrás, quando o baú foi construído, e tinha tanta madeira por aí na época que ninguém daria bola a uma invenção dessas, a não ser como curiosidade. Então, se o bisavô disse que tinha um tesouro no baú, é porque estava falando no sentido literal e tem algo escondido nele, sim. E essa madeira fabricada é a chave.

– Como assim, Marília?

– Acompanhem meu raciocínio: para fazer um esconderijo, um cofre, em um baú normal, meu bisavô teria de fazer um fundo falso, madeira oca ou coisa do gênero, que nós (ou a dona da sorveteria quando roubou o baú) teríamos descoberto logo. Então, ele pesquisou e planejou durante meses, primeiro com a ajuda do tal marceneiro Borowski, avô da falsa fantasma, que depois desistiu achando que cozinhar ervas e raízes era "bruxaria". Mas o bisavô prosseguiu sozinho com seus experimentos até achar o ponto certo da madeira sintética. Ele fez formas para as várias partes do baú e despejou nelas a massa fervendo. Colocou aquilo que queria guardar – joias, moedas, sei lá – dentro da massa antes que endurecesse, esperou esfriar e pronto! Tirou a madeira das formas e montou o baú, que ficou parecendo um baú igual aos outros. Tanto que ninguém nunca desconfiou que aquela madeira era diferente.

– Quer dizer que, para a gente achar o que está escondido no baú, teremos de cortar a madeira? – perguntou a mãe de Anne.

– Acho que não. Ainda temos a sobremesa.

– Sobremesa?

– É! Vocês esqueceram daquela receita de sobremesa que acompanhava esta daqui?

– É mesmo! Mas se a madeira já ficou pronta com esta receita aqui, para que será a outra? – estranhou Lorena.

– É o que vamos descobrir amanhã, porque hoje já está ficando tarde para procurarmos os ingredientes. – A líder das Seis Estrelas encerrou o assunto.

Depois de uma noite sonhando com bruxas, magos e alquimistas que fabricavam pepitas de madeira, as Seis Estrelas pularam da cama assim que o sol despontou. Tomaram café correndo e partiram à cata dos ingredientes da nova receita.

– O que será que vai sair desta vez? – brincou Lola, respondendo ela mesma. – Vai ver é um machado, já que estamos querendo abrir a madeira do baú...

– Lola...

– Brincadeirinha, pessoal, brincadeirinha...

Enquanto as outras especulavam sobre o resultado, Vera, que mexia o caldeirão, tinha outra dúvida:

– Tem certeza de que você copiou certo o tempo de cozimento?

– Absoluta – retrucou Lola. – Pode ver depois no diário, é "meia hora de cozimento e servir".

– Servir onde? – perguntou Vívian.

Todas ficam pensativas; dessa vez formara-se um caldo, que ainda estava borbulhando. O que fazer com aquilo?

– Ontem fizemos o bolo, hoje a calda de chocolate – disse Lorena, querendo fazer graça.

Rose lançou-lhe um olhar de censura, mas Marília deu um pulo:

– Lorena, você é um gênio! Como não pensei nisso antes? Ajudem-me aqui, vamos derramar isso na madeira que fabricamos antes que esfrie.

– Mas para que, prima? – perguntou Anne, achando que a cuca de Marília fundira de tanto pensar no segredo.

– Ajudem-me logo, vocês já vão ver – disse Marília, dando o exemplo e correndo para o caldeirão.

Ainda sem entender nada, todas fizeram o mesmo, e logo o pedaço de madeira, como se fosse uma torta gigantesca, estava coberto pelo líquido negro-amarronzado.

– Parece mesmo um bolo – comentou Vívian. – Mas eu continuo sem saber por que fizemos isso.

– Tenham paciência e esperem um pouco. Se a minha teoria estiver certa... – Marília não completou a frase, correu pegar um galho pequeno no chão e mergulhou-o no tacho.

– Vejam isso – disse, retirando o galho. – Virou tudo caldo, a madeira derreteu! Mas esse nosso preparado só derrete a madeira sintética, pois o galho continua inteiro!

– É uma pena dissolver esse baú – suspirou a tia.

– Mas é preciso – respondeu Marília com firmeza. O baú era uma verdadeira obra de arte, ela sabia, mas a curiosidade não a deixaria em paz se não testasse a sua teoria, agora que estavam tão perto de conseguir. – A nova calda de chocolate já está pronta?

– No ponto – respondeu Vívian.

– Então vamos lá, um, dois, três e já!

O marrom-avermelhado do baú foi sumindo sob a calda, e pouco a pouco a estrutura de madeira desintegrou-se, deixando entrever no meio do líquido...

26

Enfim, o tesouro de Wilhelm K. Goldschmit

– Ouro! Dezenas de moedas de ouro! – exclamou Anne.

As moedas cintilavam ao forte sol do meio-dia. Como todas hesitassem, Marília avançou e pegou uma.

– Pesada. E flexível – disse, dando uma mordida e verificando que ficara a marca. – Tenho quase certeza de que é ouro de verdade, mas é melhor mandarmos analisar para não voltar a cair no *parece-mas-não-é*, como no caso da madeira... e da fantasma.

Por um momento, uma sombra de dúvida perpassou todos os olhares. Ninguém havia pensado naquela possi-

bilidade. Fantasma falsificado, baú de madeira-que-não-
-era-madeira; seria ouro *mesmo*?

★ ★ ★ ★ ★ ★

– Abre logo esse envelope, não aguento mais essa expectativa – pediu Lola, assim que Marília chegou da cidade com o resultado da análise das moedas.

– Há uma semana que estou sem saber se fico ou não feliz por termos descoberto o segredo – acrescentou Vera.

– Então agora vamos saber – disse Marília, com a voz séria, olhando para cada uma das companheiras, para a prima, os tios, o priminho, os pais e, por fim, para o envelope.

Todos ficaram em silêncio. Marília tinha a impressão de escutar os corações de todos batendo forte, inclusive o seu. Os olhares estavam todos voltados para ela; melhor dizendo, para o envelope que ela tinha nas mãos, o qual abria devagar.

– ... e concluímos, tendo realizado a análise química, que a referida amostra é...

– É? – perguntaram todos juntos.

– ... é ouro! – gritou Marília, atirando o papel para cima.

Os adultos taparam os ouvidos com as mãos, pois a gritaria das garotas foi enorme. Pularam, abraçaram-se, gritaram mais ainda.

– Posso contar um segredo? – perguntou Marília, assim que os ânimos acalmaram-se um pouco.

– Outro? – disse Lorena, alegre.

– Vocês ficariam muito brabas se eu dissesse que já tinham me dito o resultado da análise no laboratório e fiz suspense de propósito? – confessou Marília, correndo para o quarto às risadas, sem esperar pela resposta.

27

Fim da aventura?

Marília havia convocado os pais e todos os tios, irmãos de sua mãe, além dos avós maternos, para aquela reunião. As Seis Estrelas haviam desmascarado a falsa fantasma da senhora Goldschmit, recuperado o baú roubado e desvendado um segredo de mais de um século, mas eles eram os herdeiros legítimos de Wilhelm K. Goldschmit.

– Vocês, meninas, passaram por tantas coisas que acho mais do que justo vocês ficarem com uma parte do tesouro – disse vovô Wilhelm Estêvão, filho do idealizador do baú.

Para alegria das detetives, todos concordaram, e as moedas de ouro foram divididas em partes iguais entre os pais, os tios e os avós de Marília e as Seis Estrelas.

– Não é nenhuma fortuna, mas dará para comprarem algo para vocês – acrescentou o avô.

Marília abraçou-o:

– O que mais nos alegra, vovozinho querido, é termos descoberto esse segredo que durou tanto tempo.

– É... descobrir o que tinha no baú foi um dos meus sonhos de menino – suspirou o avô. – Meu pai o tinha construído quando ele ainda era solteiro e, quando eu era pequeno, sempre falava que tinha um segredo, embora não contasse o quê. E agora vocês conseguiram! Parabéns, minhas netas, parabéns, amigas das minhas netas. Vocês merecem!

As garotas rodearam vovô Wilhelm Estêvão, abraçando-o, comovidas, como comovido estava também ele. Depois de um momento, os olhos úmidos, ele desvencilhou-se do abraço coletivo e bateu palmas para atrair a atenção de todos.

– Eu tenho uma novidade, que também tem a ver com o baú...

– Mais uma? – disse Vera, traduzindo o espanto de todos.

O filho de Wilhelm K. Goldschmit sorriu.

– Sim. Ontem pela manhã, estive na Universidade Federal. Falei das pesquisas do meu pai, do diário e das descobertas de vocês. A coordenadora do curso de Engenharia Florestal ficou muito interessada e disse que a madeira sintética tem grande potencial ecológico e também de mercado. Eles querem investir no projeto, e o melhor: se no futuro alguma empresa aceitar produzir essa "receita", os *royalties*, que é como eles chamam os valores recebidos pela exploração de um produto, serão divididos com todos nós!

Agora, sim, as meninas irromperam em gritos, abraçando-o outra vez.

– Vamos comemorar, pessoal – interrompeu Joãozinho, que também foi abraçado pelo avô.

E, noite adentro, a festa continuou. Todos foram dormir cansados, mas felizes, as Seis Estrelas em especial, pois sua primeira aventura tinha sido um sucesso.

No dia seguinte, a notícia espalhou-se, e no centro da vila de Campina Vermelha uma ex-fantasma quase arrancou os próprios cabelos por ter sido derrotada por sua pseudobisneta.

★
★
★
★
★
★

Este livro foi composto em
Alegreya (corpo), Filson Soft (títulos
de capítulo) e Mr. Darcy (números
de capítulo) em Julho de 2024 e
impresso em Triplex 250 g/m² (capa)
e Pólen Soft 80g/m² (miolo).